시의 온도

시의 온도

이덕무 지음
한정주 엮고 옮김

얼어붙은 일상을 깨우는 이덕무의 매혹적인 일침

다산초당

동심, 일상, 개성, 실험, 조선의 시인

이덕무는 하늘과 땅 사이에 존재하는 모든 것이 '시詩'라고 생각했던 사람입니다. 이덕무에게 시를 쓴다는 것은 세상 모든 존재와 대화하는 방법이자, 세상 모든 사람들과 의사소통하는 통로였습니다. 더욱이 이덕무는 세상에 존재하는 모든 사물은 각자 나름의 가치와 의미를 갖고 있다고 여겼던 사람입니다. 이 때문에 이덕무의 시에는—필자가 『문장의 온도』에서 소개했던 그의 소품문(에세이)과 마찬가지로—우리가 살아가면서 마주하는 모든 존재 즉 자연 사물과 사람들에 대한 "지극히 소소하지만 너무나도 따스한 위로"가 담겨 있습니다.

『시의 온도』는 2년 전 독자들이 크게 호응해준 『문장의 온도』에 뒤이어 '이덕무 마니아'를 자처하는 필자가 이덕무가 특유의 감성과 사유를 통해 시에 담아놓은 '일상 속 삶의 온도'

를 다시 한 번 독자들과 공감하고 공유하고 싶은 마음에서 내놓게 된 책입니다. 『시의 온도』를 통해 독자들은 이덕무가 소품문(에세이)에 다 담지 못했던 감성, 기운, 마음, 뜻, 느낌, 생각들을 아낌없이 접할 수 있게 될 것입니다.

이덕무는 소품문(에세이) 못지않게 시를 잘 썼습니다. 당대의 평가를 기준으로 한다면 에세이스트보다는 오히려 시인으로 더 유명했다고 할 수 있습니다. 이러한 사실은 시인 이덕무에 대해 평가한 사람의 면면과 그 비평을 접하면 쉽게 알 수 있습니다.

이덕무의 사우師友인 연암 박지원은 이덕무의 시를 가리켜 '조선의 국풍國風'이라고 극찬했고, 정조대왕은 "이덕무의 시는 우아하다!"는 찬사를 아끼지 않았습니다. 또한 청나라 최고 지식인 중 한 사람인 이조원과 반정균은 이덕무는 시는 "기이하고 오묘하고 기발하고 비범하고 호방하고 장대하고 고상하고 맑을 뿐만 아니라 매우 새롭다"고 평가했습니다. 더욱이 조선 말기 최고의 비평가라고 할 수 있는 김택영은 이덕무의 시를 '기궤첨신奇詭尖新'의 네 글자로 요약해 비평했는데, 이 말은 이덕무가 '기이하고 괴이하고 날카롭고 새로운 경지'의 시 세계를 개척했다는 평가라고 할 수 있습니다.

그렇다면 이덕무는 어떤 시를 썼기에 이토록 당대 최고의 학자이자 문장가이자 비평가였던 이들에게 높은 평가를 받았을까요?
첫째, 이덕무는 '동심童心의 시'를 썼습니다. 이덕무는 어린아이의 마음처럼 항상 거짓 꾸밈 없는 진솔한 시를 썼습니다. 이 때문에 이덕무의 시에는 자연 사물과 사람들에 대한 그의 진실하고 솔직한 감성, 기운, 마음, 뜻, 느낌, 생각들이 잘 담겨 있습니다. 생동生動하는 이덕무 시의 생명력은 다름 아닌 동심에 있었다고 해도 과언이 아닙니다.
둘째, 이덕무는 '일상의 시'를 썼습니다. 이덕무는 세상의 모든 존재는 각자 나름의 가치와 의미가 있다고 여겼기 때문에 특별한 곳에서 시를 찾지 않았습니다. 이덕무에게는 일상생활에서 마주하는 모든 것들이 시의 소재요 주제였습니다. 특히 이덕무는 사람들이 별반 가치나 의미가 없다고 무심히 지나치는 주변의 하찮고 사소하고 보잘것없는 것들의 아름다움을 시적 언어로 포착하는 데 있어서 타의 추종을 불허하는 달인이었습니다.

셋째, 이덕무는 개성적인 시를 썼습니다. 개성적인 시를 썼다는 말은 옛 사람을 답습하거나 흉내 내는 혹은 다른 사람을 모방하는 시를 쓰지 않고 자신의 색깔이 담긴 시를 썼다는 뜻입니다. 그래서일까요? 이덕무는 아무리 잘 쓴 시라고 할지라도 옛사람과 다른 사람의 시를 닮거나 비슷한 시는 가짜 시요 죽은 시라고 말했습니다. 반대로 비록 거칠고 조잡하더라도 자신만의 감성, 기운, 뜻이 담긴 시는 진짜 시요 살아 있는 시라고 했습니다.

넷째 이덕무는 실험적인 시를 썼습니다. 옛사람의 시를 닮지 않은, 또한 다른 사람의 시와 비슷하지 않은 개성적인 시를 짓기 위해서는 어떻게 해야 할까요? 이덕무는 그 방법을 실험적인 시, 모험적인 시, 도전적인 시에서 찾았습니다. 실험과 모험과 도전이 없다면 어떻게 새로운 시가 나올 수 있겠습니까? 창작이란 새로운 글을 쓴다는 뜻입니다. 그런 점에서 답습, 모방, 흉내가 창작의 적이라면 실험, 모험, 도전은 창작의 친구라고 할 수 있습니다. 실험과 모험과 도전이 없었다면 기궤첨신奇詭尖新한 이덕무의 시는 결코 탄생할 수 없었을 것입니다.

다섯째 이덕무는 '조선의 시'를 썼습니다. 연암 박지원은 이덕무의 새로운 시를 가리켜 시의 전범이자 규범이자 모델이라고 할 수 있는 중국의 시와 하나도 닮지 않았다고 혹평하는 당대 사람들을 향해 조선 사람이 조선의 시를 써야지 왜 중국의 시를 쓰느냐면서 "이덕무의 시야말로 조선 사람이 쓴 조선의 시이기 때문에 마땅히 조선의 국풍國風으로 삼아야 한다!"고 일갈했습니다. 앞서 살펴본 동심의 시, 일상의 시, 개성적인 시, 실험적인 시의 미학이 집약된 이덕무의 시학詩學이 바로 '중국 사람의 시'와는 다른 '조선 사람의 시'라고 할 수 있습니다. 당대 사람들이 시의 전범이라고 숭상한 이백과 두보 등 중국의 시는 중국의 풍속과 풍경, 중국 사람의 감성과 기운 그리고 뜻과 생각이 담겨 있을 뿐입니다. 이덕무는 자신은 조선 사람이기 때문에 조선의 풍속과 풍경, 조선 사람의 감성과 기운 그리고 뜻과 생각이 담긴 시를 쓸 뿐이라고 여겼습니다. 그렇지 않다면 조선 사람이 중국 사람을 닮으려고 하거나 비슷해지려고 하는 것과 다를 게 뭐가 있겠습니까? 다른 시와 닮거나 비슷한 시는 이덕무에게 가짜 시요 죽은 시에 불과한데, 어떻게 중국의 시와 닮거나 비슷한 시를 쓸 수 있었겠습니까?

시에서 나타나는 이러한 이덕무의 미학은 2년 전 필자가 소개한 『문장의 온도』 속 이덕무의 문장 철학과 일맥상통한다고 할 수 있습니다. 그런 의미에서 200여 년의 시간을 뛰어넘어 독자들이 교감하고 공감할 수 있는 이덕무의 글쓰기는 다음과 같은 여덟 가지 비결로 요약해 정리할 수 있을 것 같습니다.

첫째, 어린아이의 마음으로 글을 써라. 둘째, 그림을 그리듯 글을 써라. 셋째, 일상 속에서 글을 찾고 일상 속에서 글을 써라. 넷째, 주변의 모든 것에 관심을 갖고 세심하게 보고 적어

라. 넷째, 다른 사람을 흉내 내지 말고 자신만의 색깔로 글을 써라. 다섯째, 자신의 감정과 생각을 진실하고 솔직하게 표현하라. 여섯째, 무엇에도 얽매이거나 구속당하지 말고 자유롭고 활달하게 글을 써라. 여덟째, 온몸으로 글을 써라. 다시 말해 나의 삶과 나 자신을 온전히 글에 담아 써라.

지금까지 필자는 이덕무에 관한 책을 세 권 썼습니다. 첫 번째 책은 『조선 최고의 문장 이덕무를 읽다』였는데, 여기에서는 이덕무가 평생 남긴 글을 모두 모아 엮은 『청장관전서』를 통해 그의 문장·학문·지식을 총망라해 독자들에게 소개하는 작업을 했습니다. 두 번째 책은 『문장의 온도』로, 여기에서는 평소 별반 가치나 의미가 없다고 무심히 지나쳤던 우리 주변의 사소하고 하찮고 보잘것없는 것들의 아름다움 곧 "일상의 아름다움을 담은 이덕무의 따스한 문장들"을 독자들에게 소개하는 작업을 했습니다. 그리고 세 번째 책이 『시의 온도』입니다. 이 정도면 이덕무에 관해 충분히 독자들에게 소개하지 않았나 싶은 생각도 있지만, 필자는 아직도 이덕무에 관한 더

많은 이야기를 독자들에게 들려드리고 싶습니다. 특히 이덕무의 삶에 대한 이야기는 아직 본격적으로 다루어진 적이 단 한 번도 없었기 때문에, 이 부분에 대한 필자의 아쉬움은 말할 수 없이 크다고 하겠습니다.

그래서 『시의 온도』를 출간하는 마당에 공개적으로 필자 스스로에게 약속을 하나 하려고 합니다. 독자들이 지켜보는 앞에서 한 약속은 결코 어길 수 없기 때문입니다. 그것은 언젠가 이덕무의 삶에 관한 이야기를 담은 평전으로 독자들을 다시 찾아뵙겠다는 약속입니다. 아마도 이덕무 평전이 세상에 나오면 '이덕무 마니아'를 자처하는 필자의 '덕질'도 마무리되지 않을까 싶습니다. 그때까지 필자처럼 이덕무의 매력에 흠뻑 빠져들 수많은 '이덕무 마니아'의 출현을 기대해봅니다.

2020년 2월 종로구 인사동

'고전·역사연구회 뇌룡재雷龍齋' 연구실에서

차례

하늘과 땅 사이를 가득 채운 모든 것이 시다 16

벼룩을 시제詩題 삼아 장난삼아 짓다

작은 벼룩, 떼를 지어 달려드니 紛紛小物自相將
괴로운 밤 어이 날까, 한 해보다 길구나 辛苦短宵若歲長
너의 몸 날쌔다고 자랑 마라 莫道爾身兼銳勇
나의 손톱 강하단 걸 알아야지 爲看吾爪甚堅剛
사람을 쏠 때는 모래 뿜는 물여우처럼 射入正似含沙蜮
사람과 겨룰 때는 수레바퀴 막는 사마귀처럼 較大還如拒轍蜋
파리 떼에 못지않네, 진실로 밉구나 堪比蒼蠅誠可嫉
벼룩 미워하는 마음 구양수에게 배우네 今來憎此學歐陽

—『영처시고 1』

하찮고 보잘것없는 미물인 벼룩조차 시가 되는데, 하늘과 땅 사이에 존재하는 그 어떤 것이 시가 되지 못하겠는가? 이덕무는 말한다. "마음을 가지런히 하고 고요히 생각을 모으면 반드시 지혜의 구멍이 환하게 밝아진다. 그 순간 한 번 눈을 굴리면 세상 모든 사물이 나의 글이 된다." 우주 간에 존재하는 모든 것을 '시적 대상'이자 '시적 존재'로 보는 미학이야말로 시를 바라보는 이덕무의 철학이다.

말하지 않고 말하고, 드러내지 않고 드러낸다

18

가을 등불 아래 세찬 비 내리고

서늘한 가을밤 등불 붉게 타오르고 涼宵顧影剔燈紅
『검록』과 『성경』은 시렁에 가득하구나 劍錄星經插架充
바다에 조각배 띄울 마음 문득 일어나니 頓有扁舟浮海想
가을 서재 홀연히 빗소리 속에 둥둥 뜨네 秋齋忽泛雨聲中

—『한객건연집』

"시는 말해선 안 되고 보여주어야 한다."(안대회, 『궁극의 시학』, 문학동네, 2013. 21쪽) 무슨 뜻일까? 말하지 않으면서 말하는 것, 표현하지 않으면서 표현하는 것, 보여주지 않으면서 보여주는 것, 드러내지 않으면서 드러내는 것, 묘사하지 않으면서 묘사해야 한다는 말이다. 이 모든 것은 어디에서 나올까? '절제'와 '여백'에서 나온다.

작자는 깊어가는 가을밤 세차게 내리는 비를 바라보며 느낀 외롭고 쓸쓸한 감정을 직접적으로 말하지 않는다. 하지만 '서늘한 가을밤 등불'의 시어詩語를 통해 독자는 그 감정을 공감하고 공유한다. 작자는 호방하고 장대한 기운을 직접적으로 드러내지 않는다. 하지만 중국 역대 제왕과 인물의 도검刀劍에 대해 서술한 『검록劍錄』과 중국 고대 천문에 관해 기록한 『성경星經』을 통해 독자는 그 기운을 느낄 수 있다. 더욱이 자신이 앉아 있는 서재를 조각배에 그리고 세상을 드넓은 바다에 비유해, 비록 작고 보잘것없는 조각배일지라도 자유롭고 활달하게 바다에서 노닐고 싶은 심정을 묘사한 시구詩句를 통해 그 생각의 경지가 비범한 사람임을 깨닫는다. 작자는 자신의 감정과 기운과 생각을 결코 말하지 않고 드러내지 않지만, 독자는 그 감정과 기운과 생각을 느끼고 읽을 수 있다. 절제와 여백의 미학이란 이런 것이다.

좋은 시는 울림을 준다

20

11월 14일 술에 취해

깨끗한 매미와 향기로운 귤 마음에 간직하니 潔蟬馨橘素心存
세상사 시끄러운 일 내 이미 잊었노라 餘外紛囂我已諼
불을 공중에 살라본들 저절로 꺼질 것이고 擧火焚空終自息
칼로 물을 벤다 한들 다시 무슨 흔적이 있겠는가! 持刀割水復何痕
'어리석다'는 한 글자를 어찌 모면하겠냐마는 癡之一字烏能免
온갖 서적 널리 읽어 입에 담을 뿐이네 博矣羣書雅所言
넓고 넓은 천지간 초가집에 살며 磊落乾坤茅屋者
맑은 소리 연주하며 밤낮을 즐기네 商聲高奏永晨昏

—『아정유고 2』

재물, 권력, 명예, 출세, 이익 따위는 이덕무에게 세상사 시끄러운 일일 뿐이다. 그것을 얻으려고 아등바등하는 짓은 불로

허공을 사르거나 칼로 물을 베는 것처럼 허망하고 망령된 일이다. 매미에 담은 맑은 기운과 귤에 담은 향기로운 마음이 내 영혼에 깊게 스며든다. 좋은 시는 울림을 준다. 시에 담긴 메시지 혹은 시가 던지는 시그널에 공감하기 때문이다. 그 순간 작자와 독자는 교감한다. 오래도록 살아남는 시는 '공감', '교감', '울림'을 주는 시다. 내게 오래도록 살아남아 울림을 주는 시를 떠올리며 서가에 꽂힌 시집을 뒤적여본다. 손에 잡힌 책은 곽재구의 시집 『사평역에서』다.

"막차는 좀처럼 오지 않았다 / 대합실 밖에는 밤새 송이눈이 쌓이고 / 흰 보라 수수꽃 눈시린 유리창마다 / 톱밥난로가 지펴지고 있었다 / 그믐처럼 몇은 졸고 / 몇은 감기에 쿨럭이고 / 그리웠던 순간들을 생각하며 나는 / 한줌의 톱밥을 불빛 속에 던져주었다 / 내면 깊숙이 할 말들은 가득해도 / 청색의 손바닥을 불빛 속에 적셔두고 / 모두들 아무 말도 하지 않았다 / 산다는 것이 때론 술에 취한 듯 / 한 두름의 굴비 한 광주리의 사과를 / 만지작거리며 귀향하는 기분으로 / 침묵해야 한다는 것을 / 모두들 알고 있었다 / 오래 앓은 기침소리와 / 쓴 약 같은 입술담

배 연기 속에서 / 싸륵싸륵 눈꽃은 쌓이고 / 그래 지금은 모두들 / 눈꽃의 화음에 귀를 적신다 / 자정 넘으면 / 낯설음도 뼈아픔도 다 설원인데 / 단풍잎 같은 몇 잎의 차창을 달고 / 밤열차는 또 어디로 흘러가는지 / 그리웠던 순간들을 호명하며 나는 / 한줌의 눈물을 불빛 속에 던져주었다."(곽재구, 『사평역에서』, 창비, 1983, 118~119쪽) 이 시에 담긴 삶의 애환과 울분에 공감했기 때문이고, 시인의 설움과 나의 설움이 교감했기 때문이다.

살아 움직이는 생물

한 해에 부쳐

가을 기운 참으로 구슬퍼 秋之爲氣正悲哉
한가한 날마다 층계 석대 돌고 도네 暇日盤桓疊石臺
어린아이의 희롱, 처녀의 부끄러움 어찌 높다 하랴 兒弄女羞才詎峻
귤의 껍질, 매미의 허물도 거처하기에 넓다 하리 橘皮蟬殼室堪恢
백문이 바로 홍문과 가까워 白門正與紅門近
자그마한 이덕무 때때로 수척한 이덕무 찾아오네 短李時尋瘦李來
성벽이 어둡고 어리석어 쓰일 데 없으니 性癖踈迂非適用
쓸모없는 재목으로 영화로움도 없고 욕됨도 없네 無榮無辱散樗材

—『영처시고 2』

이덕무를 몰라도 시를 보면 이덕무의 사람됨은 짐작할 수 있다. 쓸모 있는 사람이 되어 부귀, 영화, 출세, 명예를 좇으면서 욕된 삶을 살기보다는 차라리 쓸모없는 사람이 되어 맑고 깨끗한 삶을 살고자 하는 이덕무의 뜻과 기운을 엿볼 수 있기 때문이다. 그런데 독자는 작자가 글에 담은 뜻과 기운을 그대로 짐작하기도 하지만, 반대로 전혀 다르게 짐작하기도 한다. 이덕무의 삶을 잘 모르는 사람은 간혹 내면 깊숙이 감춘 부귀, 영화, 출세, 명예에 대한 타오르는 욕망을 드러내는 시로 읽기도 하기 때문이다. 따라서 글로 자신을 드러낸다는 것은 지극히 위험하고 위태로운 일이다. 하지만 글을 쓰지 않을 수 없는 이상 자신의 글이 의도와 다르게 읽힐 수 있다는 사실을 피해갈 재간은 없다. 그것은 탄생과 더불어 시작되는 글의 운명이기 때문이다. 글을 써서 먹고사는 작가인 나는 '나와 글의 운명'을 이렇게 생각한다.

"글은 살아 움직이는 생물生物이다. 언제 어떻게 그렇게 되는가? 나의 글을 누군가 읽는 순간, 그 글은 생명력을 갖게 된다. 생명력을 갖게 된 글은 나의 의지와는 상관없이 살아 움직인다.

나의 글은 나의 수명보다 더 길고 질긴 생명력을 갖고 있다. 내가 사라져도 나의 글은 살아남아 떠돌 것이다. 비록 나에게서 나온 글이지만 누군가 읽는 순간 그 글은 더 이상 나의 것이 아니게 된다. 어떻게 글 쓰는 것을 두려워하지 않을 수 있겠는가?”

압축과 생략의 묘미

멋대로 짓다

『음부경』으로도 세상 살기 어려운데 陰符經難涉世
『참동계』인들 어찌 수명 연장하겠는가 參同契豈引年
마음 쏟아 얽매일 사물 어디에도 없으니 渾無一物掛戀
하늘 땅 사이 흰 구름만 넓고도 크구나 白雲天地浩然

―『한객건연집』

사람의 앞날을 내다보는 책인 『음부경陰符經』과 『참동계參同契』를 형상화하여 운명 따위에 얽매이지 않는 자유로운 뜻과 활달한 기운을 드러냈다. 이러한 까닭에서일까? 이 시를 읽은 청나라의 지식인 이조원은 단번에 이덕무가 "가슴속에 품고 있는 뜻과 기운이 범상치 않다"는 사실을 알아보았다. 마음속 생각과 가슴속 기운을 글로 표현하기란 쉽지 않은 일이다. 왜 그럴까? 생각과 기운을 글로 형상화하여 표현하는 게 어렵기 때문이다. 표현은 언어의 한계를 넘어설 수 없다. 그런 의미에서 시작詩作

은 언어의 한계에 도전하는 최전선의 작업이다. 어떻게? 천 마디 말로도 표현하기 어려운 것을 한 마디의 시어詩語 혹은 한 구절의 시구詩句로 압축하여 표현한다. 압축은 동시에 생략이다. 천 마디 말을 한 마디 말로 압축하는 것은 나머지 구백구십구 마디 말을 생략하는 것이기 때문이다. 압축과 생략의 묘미, 시를 읽는 재미가 거기에 있다.

기이하고 괴이하고 날카롭고 새롭다

동작나루에서

서늘하고 붉은 한양 나무 서리 무늬 끼었는데 冷紅京樹著霜紋
삐걱삐걱 빈 배 노 젓는 소리 부산하네 霍霍空船櫓響勤
오리 밖 물결은 눈 깜짝 할 사이 핀 꽃이요 頃刻花惟鳧外浪
말 머리 구름은 갑자기 날아온 봉우리네 飛來峯是馬頭雲
짚신에 튕기는 고운 돌 어느 때나 다하려나 鞋彈錦石何時了
부채를 때리는 금빛 모래 하루 종일 시끄럽네 扇拍金沙竟日紛
강가 주막에서 옷 갈아입고 성곽 향해 재촉하니 水店更衣催趁郭
오랜 여행 다시 돌아온 나그네 어찌 즐겁지 않겠는가? 旋歸久旅得無欣

—『아정유고 2』

비평가들은 이덕무의 시를 가리켜 '기궤첨신奇詭尖新'하다고 말한다. 기이하고 괴이하고 날카롭고 새롭다는 뜻이다. '기궤첨신'의 네 글자만 봐도 이덕무가 얼마나 이전 시대와 다른 새로운 시를 썼는지 짐작할 수 있다. 기이하고 괴이하다는 말은 곧 익숙하게 봐왔던 시가 아니라는 뜻이고, 날카롭고 새롭다는 말은 곧 이전의 시와는 완전히 다르다는 뜻이기 때문이다. 이덕무의 초기 작품을 비평한 청나라의 이조원은 『한객건연집』에 실린 99수 중에서 이 시를 가리켜 "새롭고 독특한 경지에 올랐다"고 했다. 이조원은 당대 최고의 문장가이자 시인이었다. 그가 본 한시가 얼마나 많았겠는가! 새롭고 독특한 경지에 오른 작품이라는 비평은 이 시가 그가 일찍이 봤던 그 어떤 시와도 다른 시의 세계를 열었다는 평가가 아니고 무엇이겠는가! 그렇다면 무엇이 새롭고 독특했을까? 이조원과 더불어 이덕무의 작품을 비평한 또 다른 청나라 지식인 반정균은 특별히 이 시를 가리켜 명구名句 중의 명구라고 말했다. 왜 그랬을까? '물결, 구름, 발길, 모래' 등 한강 주변의 실경實景을 시적으로 형상화하여 묘사하는 이덕무의 시풍과 작법이 일찍이 그 어떤 시에서도 보지 못한 것이었기 때문이다.

30

글로 표현하기 어려운 것을 글로 표현하는 방법

가을 새벽 잠 못 이루고

멀리 피해 돌아가며 어리석음 반쯤 보완하고 秖把全迂補半癡
다른 사람 좇아 억지로 어울리는 것 부끄럽네 隨人恥做強淋漓
세상 좇아 이리저리 휩쓸리는 것 너무나 재미없고 太無滋味推移厭
이름 세워 전하려고 하나 이루기 쉽지 않네 差欲流芳樹立遲
좋은 친구 만나 속마음 툭 털어놓고 佳友倘逢輸肺腑
이름 높은 현인 상상하니 눈앞에 떠오르네 名賢劇想現須眉
나의 행동거지 푸른 하늘에 내맡긴 채 青天管領吾行止
세상사 마음에 어긋나도 순응하며 지내리라 事到違心順遣之

—『아정유고 2』

이조원은 이 시를 보면 비록 이덕무를 보지 않았지만 그의 인품人品 곧 그 뜻과 기운을 상상해볼 수 있다고 비평했다. 이덕무는 『이목구심서』에서 “형상 밖의 아득하고 어렴풋한 것과 가슴속에 쌓인 기운을 마음으로는 분명히 알 수 있다. 그러나 말과 글로 표현하기는 어렵다”고 했다. 그렇다면 이덕무는 어떻게 글로 표현하기 어려운 것을 글로 표현할 수 있었을까? 하나는 ‘섬세한 시선과 꼼꼼한 관찰’이다. 그렇게 하면 형상 밖의 아득하고 어렴풋한 것과 가슴속에 쌓인 기운의 실체가 보이기 때문이다. 다른 하나는 ‘언어의 선택과 감각적인 필치’다. 시적 언어의 선택은 말과 글로 표현할 수 없는 언어의 한계를 돌파하는 작업이다. 시는 압축과 생략의 문학이기 때문에, 직관과 감각을 통한 시적 언어의 선택이야말로 시작詩作의 처음이자 마지막이라고 해도 과언이 아니다.

매미에 담은 마음과 귤에 새긴 삶

깨끗한 매미처럼 향기로운 귤처럼

네 모습 파리하니 爾貌癯
마땅히 네 마음 깨끗하리 宜爾心潔
옛사람 많고 많건만 古多人
어찌하여 구양수와 굴원을 취했나 奚取歐與屈
사물의 종류 많고 많건만 物多類
어찌하여 매미와 귤을 취했는가 奚取蟬與橘
이미 너를 좋아하는 마음 이와 같으니 旣爾好如斯
더러운 먼지 속에 내버려둔다고 해도 寘之塵穢
또한 어찌 근심하랴 亦奚恤
맑고 깨끗하며 편안하고 즐거우니 清澄而恬愉
그 누가 너의 성품과 자질 알겠는가 孰知爾資質

—『영처문고 2』

이덕무는 옛 시인 중 특별히 송나라의 구양수와 전국시대 초나라의 굴원을 좋아했다. 구양수로 말미암아 매미의 깨끗함을 알고, 굴원으로 말미암아 귤의 향기로움을 알았기 때문이다. 사물을 취해 자신의 마음과 삶을 드러내는 미학이야말로, 옛사람의 글에서 엿볼 수 있는 멋스러움 중에서도 가장 멋스러운 일이다. 이덕무는 매미를 취해 자신의 마음을 드러내고, 귤을 취해 자신의 삶을 표현했다. 어떻게? '매미처럼 깨끗하게 귤처럼 향기롭게.'

진경산수화와 진경시

과천 가는 길에

밭 사이 가을 풍물, 눈이 온통 즐겁고 田間秋物眼堪娛
완두는 가늘며 기다랗고 옥수수는 거칠고 굵네 豌豆纖長薥黍麤
아구새 서리 맞아 반질반질 빛이 나고 鵶舅受霜光欲映
기러기 추위 피해 그림자 늘어뜨렸네 雁奴辭冷影初紆
소나무 장승 무슨 벼슬 얻어 머리에 모자 썼나 松堠何爵頭加帽
돌부처 사내인데 입술 붉게 칠했구나 石佛雖男口抹朱
저녁노을 질 때 절뚝거리는 나귀 재촉하니 催策蹇蹄斜照斂
외양간 앞 남쪽 밭두렁이 바로 큰길이네 牛宮南畔是官途

—『아정유고 2』

18세기 조선을 '진경시대'라고 부른다. 진경시대의 문화 예술을 장식한 양대 축은 진경산수화와 진경시문이었다. 진경산수화가 조선의 산천山川과 강호江湖의 실경을 그림으로 묘사했다면 진경시문은 언어로 표현했다. 그래서 진경산수화와 진경시문은 마치 한 뿌리에서 나온 다른 가지처럼 닮았다. 더욱이 진경산수화를 그린 화가와 진경시문을 지은 시인은 마음을 함께하는 벗처럼 친밀했다. 진경산수화의 대가는 잘 알려져 있다시피 겸재 정선이다. 그렇다면 진경시문의 대가는 누구였을까? 먼저 겸재 정선의 절친인 사천 이병연을 꼽을 수 있다. 그리고 사천 이병연의 뒤를 이은 진경시문의 대가로는 이덕무, 박제가, 유득공, 이서구 등 '백탑파' 시인이 있다. 이런 까닭에서일까? 이서구는 이덕무의 시를 가리켜 이렇게 말했다. "진경眞景을 묘사하여 시어詩語가 기이하다." 자기 주변의 일상을 소품문(에세이)으로 표현하는 데 뛰어났던 최고의 에세이스트 이덕무는, 또한 시적 언어를 통해 일상의 풍경을 묘사하는 데에도 탁월했던 최고의 시인이었다.

놀이와 장난과 창작

늙은 소 보며 장난삼아 노래하다

우직한 큰 덩치 밭 가는 일 잘해 巨質塊然善起田
털 닳고 뼈 여윈 채 몇 해를 보냈는가 毛焦骨瘦幾經年
밤 오면 달 보며 바윗가에 우뚝 서고 夜來喘月巖邊立
봄 늦게 오면 구름 갈다 언덕 위에서 조네 春晩耕雲陌上眠
다리 굽혀 풀에 누워 북쪽 언덕 향해 울고 屈脚卧莎鳴北岸
머리 숙여 꼴 뜯고 앞개울 지나가네 垂頭囓草過前川
가련하다! 저 소 너무나 늙었으니 可憐此物形多老
아이들 듣거라! 함부로 채찍질하지 마오 爲語兒童莫浪鞭

—『영처시고 1』

놀이 삼아 혹은 장난삼아 하는 창작이 가장 좋다. 인위와 가식이 섞이지 않은 자연스러운 글은 그때 나오기 때문이다. 이덕무는 창작의 지극한 경지를 가리켜 '천의무봉天衣無縫'이라고 했다. '천의무봉'은 선녀의 옷에서는 바느질한 자국이나 흔적을 찾아볼 수 없다는 뜻인데, 시문에서는 기교나 재주를 부려 꾸민 곳을 조금도 찾아볼 수 없을 만큼 자연스러운 상태를 말할 때 사용한다. '천의무봉'의 핵심이 바로 자연스러운 글쓰기라는 사실을 어렵지 않게 짐작할 수 있다. 자연스러운 글쓰기가 창작의 지극한 경지인데, 왜 놀이 삼아 혹은 장난삼아 창작을 하기가 힘들까? 목적의 노예가 되기 때문이다. 재물을 얻기 위해서든, 권력을 얻기 위해서든, 명예를 얻기 위해서든, 출세를 하기 위해서든 혹은 다른 사람의 인정을 받기 위해서든 목적이 있게 되면 인위와 가식이 섞이게 마련이다. 인위와 가식이 섞이는데 어떻게 자연스러운 글이 나오겠는가? 놀이처럼 혹은 장난처럼 글을 써야 할 이유가 여기에 있다.

백탑의
맑고 순수한 우정

영변부에 유람 간 박제가에게 부치다

이절도사 집 노란 몽고말을 李節度家黃韃馬
달밤 술 취해 안장 없이 올라탔네 月中乘醉無鞍騎
철교는 발굽 앞에 우뚝우뚝 나타나고 鐵橋矗矗蹄前出
백탑은 눈 아래 어른어른 옮겨가네 白塔迤迤眼底移
다른 사람 어찌 호방한 기상 의협심 많나 하지만 人道何多遊俠氣
스스로 오히려 고상한 선비 자태 잃었다며 부끄러워하네 自慚還失雅儒姿
먼 곳에서 생각하건대 홀로 『초정집』 펼쳐놓고서 遙知獨展楚亭集
관서의 꽃 같은 여인 품지는 않으리 不挾西州花樣姬

초정 박제가는 항상 장인 이병사의 말을 타고 다녔다. 달밤에 안장도 없이 말을 달려서 강산 이서구를 찾곤 했다. 술이 깨면 곧바로 후회하며 "형암(이덕무)이 알까 두렵다"고 말하곤 했다.

―『아정유고 1』

이덕무는 박지원, 서상수, 유금, 박제가, 유득공, 이서구 등과 함께 백탑시사白塔詩社라는 시문학 동인을 맺어 시작詩作 활동을 했다. 백탑시사라고 이름 붙인 까닭은 이들이 백탑이라고 불린 원각사지10층석탑(현재 탑골공원 소재) 주변에 모여 살았기 때문이다. 지금의 종로구 인사동과 북촌 일대다. 그런데 여기 이덕무의 시를 읽으면 불현듯 박제가의 산문 '백탑청연집서白塔清緣集序'가 겹쳐 떠오른다. '백탑의 맑은 인연'이라는 제목만큼 이들의 순수한 우정을 엿볼 수 있는 시와 산문이다. 여기 이덕무의 시에서 볼 수 있는 것처럼, 박제가는 달밤에 말을 타고 밤새도록 철교와 백탑을 오가며 벗들을 찾아 술 마시고 시를 지으며 놀았나보다. 신혼 첫날밤에 아내를 홀로 남겨둔 채 장인의 건장한 말을 타고 벗을 찾아다닐 정도였으니까 말해 무엇 하겠는가?

"이덕무의 사립문이 백탑의 북쪽에 마주 대하고 있었고, 이서구의 사랑이 그 서쪽에 우뚝 솟아 있었다. 또한 수십 걸음 가다보면 서상수의 서재가 있고, 북동쪽으로 꺾어져서는 유금과 유득공이 살고 있었다. 그래서 한번 그곳을 찾아가면 집에 돌아가는 것을 까마득히 잊고 열흘이고 한 달이고 머물러 지냈다. 서로 지어 읽은 글들이 한 질의 책을 만들 정도가 되었고, 술과 음식을 구하면 꼬박 밤을 새우곤 했다. 내가 아내를 맞이하던 날 저녁에도 처가의 건장한 말을 가져다 안장을 벗기고 올라타고서 시동 한 명만 따르게 하고 홀로 바깥으로 나왔다. 그날은 마침 달빛이 길에 가득했는데, 이현궁 앞을 지나 말을 채찍질해 서쪽으로 내달렸다. 이윽고 철교의 주막에 이르러 술을 마시고, 삼경을 알리는 북소리가 울린 후 여러 벗들이 집에 들렀다가 백탑을 빙 돌아 나왔다. 그때 호사가들은 이 일을 두고, 왕양명이 철주관 도인을 찾아가 돌아오는 것조차 잊었던 일에 빗대어 말하곤 했다."

이 정도의 우정이라야 진정한 우정이라고 말할 수 있지 않을까?

시에는
소리가 있다

벌레가 나인가 기와가 나인가

벌레가 나인가 기와가 나인가 蟲也瓦也吾
아무런 재주도 없고 기술도 없구나 苦無才與技
뱃속에는 불기운 활활 타올라 腹有氣烘烘
세상 사람과 크게 다르구나 大與人殊異
사람들이 백이는 탐욕스러웠다고 말하면 人謂伯夷貪
내 분노하여 빠득빠득 이를 가네 吾怒切吾齒
사람들이 영균靈均(굴원)은 간사했다고 말하면 人謂靈均詐
내 화가 나 눈초리가 찢어지네 吾嗔裂吾眥
가령 내게 입이 백 개가 있다고 해도 假吾有百喙
어찌 내 말에 귀 기울이는 사람 단 한 명도 없는가? 奈人無一耳
하늘을 우러러 말을 하니 하늘이 흘겨보고 仰語天天睟
몸을 구부려 땅을 바라보니 땅도 눈곱 꼈네 俯視地地眵
산에 오르려고 하자 산도 어리석고 欲登山山獃
물에 다가가려 하자 물도 어리석네 欲臨水水癡

어이! 아아! 아아! 咄嗚呼嗚呼

허허 허허 한탄하며 唉噓唏噓唏

광대뼈와 뺨과 이마는 주름지고 눈썹은 찌푸리고 顴頰顙皺皺

간과 폐와 지라는 애태우고 졸여졌네 肝肺脾熬煎

백이가 탐욕스러웠다 하든 영균이 간사했다 하든 夷與均
貪詐

그대에게 무슨 상관인가! 於汝何干焉

술이나 마시고 취하면 그뿐이고 姑飮酒謀醉

책이나 보며 잠을 이룰 뿐이네 因看書引眠

한탄하누나! 잠들면 차라리 깨지 않고 于于而無訛

저 벌레와 기와로 돌아가려네 還他蟲瓦然

—『아정유고 2』

글을 잘 쓰기 위해서는 어떻게 해야 할까? 많은 사람들이 '다독多讀', '다작多作', '다상량多商量'이라고 말한다. 많이 읽으라는 것은 지식과 정보를 축적하라는 말이고, 많이 쓰라는 것은 어휘력과 문장력을 훈련하라는 뜻이고, 많이 생각하라는 것은 구상력과 구성력을 연마하라는 말이다. 만약 여기에 한 가지를 덧붙인다면, 필자는 '다비평多批評'을 언급하고 싶다. 많이 비평하라는 뜻이다. 다른 사람의 글을 많이 읽되 단순하게 읽지 않고 비평할 때 비로소 자신의 것이 되기 때문이다. 마치 좋은 음식이라도 단순히 섭취하는 것이 아니라 꼭꼭 씹어서 제대로 소화해야 자신의 피가 되고 살이 되는 이치처럼 말이다. 이덕무가 당대 최고의 문장가이자 시인이 될 수 있었던 힘 역시 비평에서 나왔다. 특히 이덕무는 박지원의 글을 꼼꼼하게 읽고 예리하게 비평하면서 자신의 시와 문장을 개척해나갔다. '종탑(종각) 북쪽에서 엮은 작은 선집'이라는 뜻의 『종북소선鐘北小選』이 대표적인 이덕무의 박지원 비평집이다. 여기에서 이덕무는 "글에는 소리가 있다"고 말한다.

"글에는 소리가 있는가? 어질고 현명한 옛사람인 이윤과 주공이 한 말을 직접 들어보지는 못했지만, 그들이 남긴 글을 통해 그 목소리가 매우 정성스러웠을 것이라고 상상해볼 수 있다. 또한 아버지에게 버림받아 내쫓긴 주나라 백기와 홀로 남겨진 제나라 기량의 아내를 직접 만나보지는 못했지만, 글을 보면 그 목소리가 매우 간절했을 것이라고 상상할 수 있다."

그렇다면 여기 이 시에 담긴 이덕무의 목소리는 어떻게 상상해 볼 수 있을까? '절규絶叫'다. 이덕무의 절절한 부르짖음과 피맺힌 울부짖음이 필자의 귀에 들린다. 이렇게 18세기의 작자인 이덕무와 21세기의 독자인 필자는 공감하고 교감한다. 시가 주는 공감과 교감은 시간과 공간의 장벽을 초월한다.

조선의 시를 써라!

조촌 사는 일가 사람을 만나 함께 읊다

닭 잡고 밥 짓느라 부엌에서 도란도란 鷄黍廚人語
울타리에 저녁 안개 서려 으스름 짙어가네 籬煙薄暮深
반쯤 누런 버들잎은 시들어 쳐지고 半黃楊委髮
대추는 새빨갛게 익었네 純赤棗呈心
냇물은 빨리 흘러 그물 치기 어렵고 溪急妨提網
산바람은 차가워 이불 자주 끌어안네 嵐寒慣擁衾
목동이 돌아올 적 뿔 두드리는 소리 나니 牧歸聽扣角
이것이 바로 틀림없는 가을 소리네 端的是商音

—『아정유고 3』

첨세병

세시歲時에 흰떡을 쳐서 만들고 썰어서 떡국을 만든다. 추위와 더위에 잘 상하지 않고 오랫동안 견디기 때문에 그 정결함을 취한다. 세상 풍속에서는 이 떡국을 먹지 않으면 나이 한 살을 더 먹지 못한다고 말한다. 나는 억지로 그 이름을 '나이를 한 살 더 먹는 떡'이라는 뜻에서 '첨세병添歲餠'이라 하였다. 이에 시를 지어 '첨세병'을 노래하였다.

천만 번 절구에 쳐서 눈빛이 동글동글 千杵萬椎雪色團
저 신선 부엌의 금단金丹과 비슷하네 也能仙竈比金丹
해마다 나이 더 먹는 것 몹시 미워 偏憎歲歲添新齒
슬프구나! 나는 이제 먹고 싶지 않네 怊悵吾今不欲餐

—『영처시고 1』

박지원은 당대의 시인들에게 "조선의 시를 써라!"고 일갈했다. 그리고 조선의 시를 쓰려면 반드시 "이덕무의 시를 보라!"고 외쳤다. 박지원이 볼 때 당시 사람들이 훌륭하다고 찬미하는 시는 단지 중국의 옛 시를 답습하거나 모방하는 시에 불과할 뿐 조선의 시는 아니었다. 한마디로 말하자면, 국적 불명의 시였다.

반면 박지원은 당시 사람들이 '비루하다', '거칠고 서툴다', '자질구레하고 보잘것없다'고 혹평한 이덕무의 시는 참된 조선의 시라고 극찬했다. 이덕무의 시를 혹평한 대표적인 사람이 자패子佩라는 사람이다. 그는 이렇게 말했다.

"비루하구나! 이덕무가 지은 시야말로. 옛사람의 시를 배웠건만 그 시와 비슷한 점을 볼 수 없구나. 이미 털끝만치도 비슷하지 않은데, 어찌 그 소리가 비슷하겠는가? 거칠고 서툰 사람의 비루함에 안주하고, 오늘날의 자질구레하고 보잘것없는 풍속과 유행을 즐겨 읊는다. 지금의 시일 뿐 옛 시는 아니다."

박지원은 자패의 혹평을 비판하면서, 이덕무의 시가 진실로 볼만한 까닭은 중국의 옛 시와 비슷하거나 닮지 않았기 때문이라고 했다. 또한 이덕무의 시는 중국의 옛 시가 읊은 시적 대상과 소재가 아닌 '지금의 자질구레하고 보잘것없는 풍속과 유행'을 시적 대상과 소재로 삼고 있기 때문에 참된 조선의 시라고 말했다. 심지어 이덕무의 시는 오늘날 조선의 풍속과 유행을 읊고 있기 때문에, 만약 공자가 살아 돌아와 다시 시의 경전인 『시경詩經』을 편찬하는 작업을 한다면 반드시 조선의 시 가운데에서는 이덕무의 시를 채록할 것이라고 역설했다. 왜? 이덕무의 시를 통해서만 조선의 산천과 풍속과 기후, 조선 백성의 성정, 조선의 새와 짐승과 풀과 나무의 이름을 알 수 있기 때문이다. 중국의 시와 닮은 혹은 비슷한 시를 무엇 때문에 구태여 조선에서 구하겠는가? '중국적인 것'과 비슷하면 비슷할수록 그 시는 별반 가치와 의미가 없는 가짜 시이자 죽은 시가 된다. 반면 '조선적인 것'을 담을수록 그 시는 세상 어디에서도 찾아볼 수 없는 특별한 가치와 독특한 의미를 지닌 진짜 시이자 살아 있는 시가 된다. 조선의 시를 써야 할 까닭이 바로 여기에 있다.

이덕무의 시를 혹평한 자패는 유득공의 숙부 유금이다. 그런데 흥미롭게도 유금은 이덕무의 시를 훗날 청나라에 가져가서 반정균에게 "그의 시는 평범한 길을 쓸어버리고 새로운 길을 열었다"는 최고의 비평을 받아온 장본인이다. 한때는 이덕무의 시가 중국의 옛 시를 닮지 않았다고 비방하고 비난했던 사람이 이덕무의 시야말로 참된 조선의 시라고 찬미하는 입장으로 바뀌었던 것이다. 그렇지 않았다면 왜 당시 이름 없는 시인에 불과했던 이덕무의 시를 중국(청나라)에까지 가져가서 비평을 받으려고 했겠는가? 중국과는 다른 조선의 시를 청나라 지식인들에게 소개하고 비평을 청할 만큼 이덕무의 시에 대한 자신감과 자부심이 있었기 때문이 아니겠는가? 옛것에 익숙한 사람에게 새로운 것은 거부감과 반감을 일으키기 쉽다. 하지만 새로운 것의 가치와 의미를 깨닫는 순간 거부감과 반감은 호감과 수용 그리고 찬사로 뒤바뀐다. 새로운 것을 실험하고, 도전하고, 개척하는 사람들은 새로운 것에 대한 세간의 거부감과 반감을 두려워한다. 그럴 필요가 없다. 참된 가치를 지니고 있다면 안목과 식견이 있는 사람은 언젠가 그 가치와 의미를 알아보기 때문이다. 설령 알아보지 못한다고 해도, 그것이 뭐 중요한가?

기하실 유금과 『한객건연집』 50

운룡산인 이조원의 생일에 탄소 유금을 위하여

만 리 머나먼 면주 마치 이웃인 양 綿州萬里看比隣
마음으로 사귄 뒤 정의情意 점점 깊어가네 自定神交意轉眞
해마다 섣달 초닷새 돌아오면 歲歲餘冬初五屆
멀리 술잔 보내 생신 축하하네 遙飛一盞賀生辰

—『아정유고 3』

탄소 유금의 기하실幾何室에 부치다

고라니 눈동자처럼 뚫어진 울타리, 그림자 비추는데 麂眼疏籬影斜
수벌은 미친 듯 나물 꽃 희롱하네 雄蜂狂嬲菁花
한가로이 향료 침속沈速을 품평하고 閒評香品沈速
시험 삼아 다명茶名 개라岕羅를 찾아보네 試拈茶名岕羅
조선이라 어찌 답답하다 탄식하랴 東國寧歎鬱鬱
중원에는 그대 이야기 풍성하다오 中原滿說津津

그대의 말 모두 어젯밤 꿈 같은데 子語渾如昨夢
내 마음 완연히 전생의 몸이네 吾心宛是前身

—『아정유고 3』

이덕무를 비롯해 박제가, 유득공, 이서구를 가리켜 조선 후기를 대표하는 '한시 4가'라고 부른다. 이덕무 등이 '한시 4가'라는 영예로운 호칭을 얻는 데 일등공신의 역할을 한 사람은 유득공의 숙부 유금이다. 백탑파의 일원인 유금은 1775년 무렵 이 네 사람의 시문을 가려 뽑아 시선집을 엮었다. 1년 후 청나라 사신단에 참여하게 된 유금은 이 시선집을 들고 가서 무작정 당시 청나라를 대표하는 지식인이자 문장가인 이조원과 반정균을 찾아갔다. 당시 이조원과 반정균이 꼼꼼하게 읽어본 다음 정밀하게 비평해준 시는 이덕무 99수, 박제가 100수, 유득공 100수, 이서구 100수 등 총 399수였다. 특히 이조원은 당대 최고의 문장가이자 비평가 중 한 사람이었는데, 그는 네 사람의 시에 대해 이러한 평을 남겼다.

"사가四家의 시를 보면 그 재주가 심중하고 웅장하며, 절조는 맑고 우렁차고, 기상은 크고 넓다."

또한 반정균은 네 사람의 시는 이전에 존재했던 어떤 시와도 다른 새로운 시의 경지를 개척했다고 극찬했다. 이 소식은 도성 안에 순식간에 퍼져나갔다. 당시 이덕무는 서른여섯, 유득공은 스물아홉, 박제가는 스물일곱, 이서구는 스물셋의 나이였다. 이덕무, 유득공, 박제가 등은 1779년 규장각 검서관으로 발탁되면서 비로소 이름을 얻기 시작했으니까, 이때는 알아주는 이 찾기 힘든 재야의 선비에 불과했다. 조선에서 미처 알아보지 못한 이들의 시재詩才를 1만 리나 떨어진 중국의 지식인은 알아보았던 것이다. 왜 그랬을까? 중국의 지식인은 아무런 사회적 편견이나 차별 없이 오로지 이들의 시재詩才만을 보았기 때문이다. 이때부터 이덕무, 박제가, 유득공, 이서구는 '한시 4가'라는 명성을 누렸다. 이들에게 영예와 명성을 안겨준 시집의 제목은 『한객건연집韓客巾衍集』이다. '삼한三韓의 손님이 보자기에 싸 온 시집'이라는 뜻을 담고 있다. 그렇게 보면 유금은 이덕무의 시재를 중국에 소개해 큰 명성을 안겨준 은인이라고 할 수 있다.

나의 절친 박제가

술에 취해 마음 내키는 대로 박제가에게 써주다

산수로 벗 삼고 천성과 천명 삼으니 山水友朋性命之
그런 뒤에야 참된 남아라 이를지라 夫然後謂善男兒
평생 한 번 보아도 인연이라 하는데 平生一見緣猶在
하루걸러 상봉하니 인연 알 만하네 間日相逢契可知
옛사람에게서 구해도 몇 명이나 되겠는가 於古也求凡幾輩
가을 기운 느껴지는 사람 다시 누구인가 似秋而感更伊誰
아! 나는 본래 기인일 따름이다 嗟乎僕本畸人耳
그 마음 알고 싶거든 눈썹 먼저 살펴보게 欲會其心願察眉

—『아정유고 2』

초정 박제가

일찍이 박제가가 내게 다음과 같은 시를 써주었다.

문 닫아걸은 채 삼십 년 동안 閉門三十載

옷에 먼지 쌓이는 줄 알지 못했네 衣塵集不知
책 속에 세계 있어 書中有世界
외로이 웃고 문득 눈썹 펴네 孤笑忽伸眉
높고 귀한 얼굴빛 고상한 성품에 걸맞고 繁華配高性
글재주 곧은 자태와 일치하네 文藻合貞姿
옛 현자 명예 절개 두려워 前修愼名節
어릴 때부터 평생 굶주림 견디네 少忍百年飢

나 역시 서로 알아주는 깊은 마음에 감동하였다. 박제가의 시문은 이치가 명백하다는 평은 결코 허언虛言이 아니다.

—『청비록 4』

이덕무는 박제가보다 아홉 살이나 많다. 하지만 박제가는 이덕무의 절친이었다. 특히 두 사람은 '백탑시사白塔詩社' 또는 '백탑파白塔派'라고 불리는 시문학 동인을 주도하다시피 했다. 그 까닭은 시에 대한 두 사람의 견해가 일치했기 때문이다. 이덕무는 일찍이 박제가의 시에 대해 이렇게 말했다.

"박제가의 시는 깨끗하고 산뜻할뿐더러 맑고 상쾌하여 그 사람됨과 같다. 내가 예전에 '시대에 따라 각기 시가 다르고, 사람에 따라 각기 시가 다르다. 따라서 옛사람과 다른 사람의 시를 답습해서는 안 된다. 답습한 시는 군더더기 시일 뿐이다'라고 하였다. 박제가는 일찌감치 이러한 시의 도리를 깨우쳤다."

또한 박제가는 이덕무의 시에 대해 이렇게 말했다.

"다른 사람의 입술만 쳐다보며 진부하고 상투적인 글에서 그림자와 울림이나 주워 모으는 것은 시의 본색에서 벗어나도 한참 벗어나는 일일 뿐이다. 하늘과 땅 사이에 존재하는 모든 것이 시인데, 왜 다른 사람의 시를 모방하고 답습한단 말인가? 어리석은 사람은 살피지 못하나 지혜로운 사람은 알고 있다."

이덕무와 박제가는 이렇듯 옛사람과 다른 사람의 시를 모방하거나 답습하는 일을 가장 꺼렸다. 이 때문에 '기궤첨신'이라는 시평에 담겨 있는 것처럼 새롭고 독자적인 시의 경지를 열었다고 해도 과언이 아니다.

친구 중에서도 최고의 친구는 자신의 마음을 알아주는 친구다.

우정의 최고 경지를 뜻하는 지음知音, 지기知己, 동심우同心友라는 말은 모두 마음을 알아주는 친구를 가리킨다. 그런데 여기 이 시에서 이덕무는 박제가의 겉모습만 봐도 그 마음을 알 수 있다고 했다. 그러면서 먼저 '눈썹'을 살펴보라고 했다. 실제 박제가는 남다른 눈썹을 지니고 있었던 모양이다. 재미있게도 박제가가 직접 쓴 '소전小傳'이라는 글에 보면, 자신의 외모를 이렇게 묘사하고 있기 때문이다.

"물소 같은 이마와 칼 같은 눈썹에 초록빛 눈동자와 하얀 귀를 갖추었다."

칼 같은 눈썹에 나타난 박제가의 내면은 무엇일까? 이덕무는 『청비록』에서 박제가의 성정에 대해 "기운이 강하고, 사리가 명백하고, 기상이 장렬하고, 말과 생각이 기이하고 웅장하다"고 평한 적이 있다. 칼 같은 눈썹과 강한 기운, 명백한 사리, 장렬한 기상, 기이한 말, 웅장한 생각은 묘하게 그 이미지가 일치하지 않은가? 박제가의 마음을 알고 싶다면 먼저 그 눈썹을 보라는 이덕무의 말에 쉽게 공감이 간다.

시에는 감정이 있다

가을에 우연히 읊다

저 들녘 바라보니 시의 정취 쓸쓸하고 望野吟情正悵然
굽이치는 가을 물결 긴 하늘 맞닿았네 縈回秋水際長天
제비는 새끼 끼고 발 밖에 훨훨 날고 玄禽挾子飛簾外
기러기는 무리 지어 울며 집 앞을 지나가네 白雁叫群過閣前
아득아득 먼 산 해마저 지는데 渺渺遠山將落日
가물가물 외딴섬 물안개 비켜섰네 茫茫孤嶼已橫煙
높고 낮은 배 돛대 강어귀에 어지럽고 參差舟楫迷江口
두둥둥 북소리에 장사꾼 떠나려 하네 打鼓商人欲發船

—『영처시고 1』

가을 풍경의 묘사일 뿐인데, 작자의 쓸쓸함과 외로움을 느낄 수 있다. 시에는 감정이 있는가? 당연히 있다. 글을 읽는 순간 마음속에 어떤 감정이 일어난다. 글에 감정이 있기 때문이다. 감정은 생물만이 지니고 있는 고유한 것이다. 그런 점에서 글은 사물死物이 아닌 생물生物이다. 글에 감정이 있다는 것을 어떻게 알 수 있는가? 이덕무는 이렇게 말한다.

"글에는 감정이 있는가? 당나라 현종이 사랑하는 양귀비와 사별한 후 지은 '새가 울고 꽃이 피고, 물이 푸르고 산이 푸르다'가 바로 그것이다."

다른 사람이 이 시를 지었다면 독자는 단지 새가 울고 꽃이 피고 물이 푸르고 산이 푸른 자연의 풍경을 묘사한 시구로 읽을 것이다. 하지만 사랑하는 양귀비와 사별한 후 현종이 지었다는 사실을 알고 읽으면 전혀 다르게 읽힌다. 새는 변함없이 울고, 꽃은 변함없이 피고, 물과 산은 변함없이 푸른데, 사랑하는 양귀비는 이미 이 세상 사람이 아니라는 슬픔과 절망의 감정을 느낄 수 있기 때문이다. 작법作法과 시법詩法에 맞춘 시는 인공지능을 갖춘 로봇도 지을 수 있다. 하지만 감정을 담은 시는 사람만이 지을 수 있다. 작법과 시법에 잘 맞춰 지은 시가 죽은 시라면, 비록 작법과 시법에 맞지 않더라도 자신의 감정을 담아 지은 시는 살아 있는 시라고 할 수 있다. 전자의 시가 좋은 시인가 아니면 후자의 시가 좋은 시인가? 삼척동자도 알 수 있는 일이다.

시화詩話, 시품詩品, 시평詩評

나의 창자를 맑게 씻고 싶다

하늘과 땅에 서린 맑은 기운 乾坤有淸氣
시인의 창자 속에 스며드네 算入詩人脾
천 명과 만 명의 사람 중에서 千人萬人中
한 사람 혹은 두 사람만 아네 一人兩人知

이는 당나라 스님 관휴의 시다. 생각해보면 나는 본래 시를 잘 짓지 못하면서도 시를 논하는 것은 좋아하였다. 이에 한가롭게 지내는 동안 눈과 귀가 미치는 대로 고금의 시구詩句를 손수 기록한 다음, 거기에 변증辨證·소해疎解·품평品評·기사記事를 붙였다. 일정한 순서나 차례 없이 기록해 비록 어지럽지만 항상 머리맡에 간직해두고 보았다. 다른 사람에게는 보이지 않고 오직 혼자 마음속으로 즐거워하며, '나의 창자를 맑게 씻고 싶다'는 뜻을 담아 그 이름을 『청비록淸脾錄』이라고 하였다.

—『청비록 1』

이덕무는 마음에 드는 고금의 시구를 모은 다음 논하는 것을 매우 즐거워했다. 수십 년 동안 그렇게 하다보니까 한 권의 책을 엮을 만큼 많아졌다. 그렇게 해서 탄생한 책이 『청비록』이다. 좋은 시구를 얻어서 나의 창자를 맑게 씻고 싶다고 해서 붙여진 제목이라고 한다. 이덕무는 왜 이토록 좋은 시구를 모아 논하는 것에 집착했던 것일까? 시를 볼 줄 아는 안목과 식견을 키우기 위해서였다.

한시에 대해 논할 때는 크게 세 가지 방법이 있다. 첫 번째 방법은 시화詩話다. 시화는 시에 얽힌 이야기를 말한다. 누가, 언제, 어디서, 왜, 어떻게 이 시를 지었는가를 스토리텔링하는 것이다. 시화는 시를 더 깊게 알고 더 풍부하게 이해하는 데 유용한 요소라고 할 수 있다. 시를 지을 때 작자의 마음과 감정, 뜻과 기운 그리고 생각을 알 수 있기 때문이다. 두 번째 방법은 시품詩品이다. 시품은 시의 풍격과 품격을 뜻하는데, 쉽게 말하자면 시가 풍기는 아우라라고 이해하면 된다. 예를 들어 맑고 새롭다는 뜻의 '청신清新', 기이하고 오묘하다는 뜻의 '기묘奇妙', 정밀하고 우아하다는 뜻의 '정아精雅', 웅장하고 탁 트여 막힘이 없다는 뜻의 '웅혼雄渾', 담백하고 담담하다는 뜻의 '충담沖淡', 높고 예스럽다는 뜻의 '고고高古' 등이 그것이다. 세 번째 방법은 시평詩評이다. 시평은 시에 대한 비평이다. 비평은 잘 지은 시인가 아니면 잘못 지은 시인가 혹은 좋은 시인가 아니면 나쁜 시인가를 따져보면서 그 시의 가치와 의미를 분석하고 판단하는 것이다.

시를 지으려면 무엇보다 시에 대한 안목과 식견을 갖춰야 한다. 좋은 시와 나쁜 시를 볼 줄 아는 안목과 식견이 있어야 좋은 시를 지을 수 있기 때문이다. 시를 짓지 않는다고 해도 시를 감상하는 방법을 안다면 시 읽는 재미와 묘미를 만끽할 수 있다. 하지만 시는 시적 언어를 통한 압축과 생략의 문학이기 때문에 산문에 비해 읽기가 어렵다는 단점이 있다. 만약 시화, 시품, 시평을 결합하는 방법으로 읽으면 한시뿐만 아니라 현대시도 훨씬 더 쉽게 읽을 수 있지 않을까 싶다.

자연을
묘사하는 법

가을바람을 읊다

가을바람 소슬하고 기러기 남녘으로 떠나네 秋風瑟瑟兮雁南征
하늘가 바라보니 강물은 맑고 깨끗하네 瞻望天涯兮水澄清
풀벌레 찌르르 창에 들어 울어대니 草虫喓喓兮入戶鳴
내 마음 구슬퍼서 문득 성곽을 노니네 我心無聊兮薄遊城

—『영처시고 1』

한강 배 가운데에서

영롱한 햇살 물가에 퍼지는데 日脚玲瓏水步舒
넓고 푸른 봄 물결 빈 배만 두둥실 春波綠闊素舲虛
투명한 물속 잔거품 불어내는 潛吹細沫空明裏
바늘꼬리 가시수염 두 치 되는 물고기 針尾芒鬚二寸魚

—『아정유고 1』

총수

꽃가지 너울너울 돌 그림자 둥글둥글 飄帶花鬚石影圓

맑은 샘물 젖줄마냥 방울방울 떨어지네 靈泉如乳滴涓涓

덩굴 휘어잡고 높고 먼 봉우리 헤아리며 攀蘿若測峯高遠

원숭이 팔뚝 백 개 연이어 놓은 모습 상상하네 恰想垂猿百臂聯

—『아정유고 2』

박제가가 지은 '형암선생시집 서문'을 보면 자연을 묘사하는 법을 읽을 수 있다. 형암炯菴은 이덕무의 호 중 하나다. 이덕무의 시를 본 어떤 사람이 도대체 이 시는 어떤 의미를 취한 것이냐고 물었다. 그러자 박제가는 끝을 알 수 없이 아득한 산천, 맑음을 머금은 잔잔한 물, 깨끗하게 떠 있는 외로운 구름, 남녘으로 날아가는 기러기, 끊어질 듯 말 듯 쓸쓸하게 울어대는 매미의 울음소리가 모두 이덕무의 시라고 대답해준다. 이덕무에게는 자연의 모든 것이 시적 대상이자 시적 존재라는 얘기다.

그렇다면 이덕무는 어떻게 자연 풍경과 현상을 포착하고 터득해 시에 담았을까? 자연과 이덕무 사이에는 경계가 있다. 자연과 이덕무는 이 경계에 의해 나누어진다. 이 경계를 시적 언어로 돌파하는 것이 자연을 묘사하는 이덕무의 시적 방법이다. 이덕무는 자연과 자신이 일치하는 어떤 지점에서 포착하고 터득한 풍경과 현상을 시적 언어로 묘사한다. 그 순간 이덕무는 자연과 하나가 된다. 자연이 이덕무가 되고, 이덕무가 자연이 되는 것이다.

시에는 색깔이 있다

길을 가다가

해질 무렵 풍경은 모두 그림 동산이니 落景無非畫苑
구름 저 끝엔 새빨간 연지를 발랐구나 雲頭抹過臙脂
샛노란 고목 물고기 머리뼈 같고 明黃老樹魚迂
연초록빛 먼 산은 부처 머리 닮았네 細綠遙山拂髭

연못 속 오리 날개 하얗고 粉羽塘中右軍
밭두렁 위 순무 붉은 꽃 피었네 紫花塍上諸葛
석양에 서늘한 연기 나타났다 사라졌다 明滅寒煙夕陽
돌아가는 까마귀, 나무 끝에 오똑하게 앉았네 歸鴉端坐烏勃

—『아정유고 3』

시에는 색깔이 있는가? 당연히 있다. 아니 있어야 한다. 하늘과 땅 사이에 존재하는 모든 것에 색깔이 있는데 어떻게 시에 색깔이 없을 수 있겠는가? 이덕무는 말한다.

"글에는 색깔이 있는가? 『시경』에서 그 사례를 찾아볼 수 있다. '비단 저고리에는 엷은 덧저고리를 걸치고, 비단 치마에는 엷은 덧치마를 걸치네'라거나 '검은 머리 구름 같아. 덧댄 머리 필요 없네'라는 시 구절이 바로 그것이다."

색깔에 대한 백탑시사의 미학은 이덕무의 절친인 박제가의 시에 잘 드러나 있다. "붉을 홍紅 한 글자만을 가지고 / 널리 눈에 가득 찬 꽃을 일컫지 말라 / 꽃수염도 많고 적음의 차이가 있으니 / 세심하게 하나하나 살펴보아야 하네." 붉다는 한 가지 색깔로 세상 모든 꽃을 단정 짓지 말라는 박제가의 미학은 곧 이덕무의 미학이기도 하다. 자연과 사물에 대한 세심한 시선과 꼼꼼한 관찰 및 정밀한 묘사가 있었기 때문에, 이덕무의 시에서는 색깔이 빚어내는 아름다움의 극치를 엿볼 수 있는 것이리라.

삶의 온도
냉정과 열정 사이

봄날 작은 모임

해 길고 봄 깊어 나무 문 고요한데 日白春青靜板扉
높은 누각 모임 인기척 별로 없네 高樓讌坐客殌稀
산들산들 바람 눈 흐릿하게 스쳐가고 輕颸剪剪經花眼
부슬부슬 가랑비 나비 날개 적시네 微雨絲絲褪蝶衣
하늘하늘 아지랑이 그윽이 풀 덮고 嬰娜煙能幽草覆
울울창창 나무 예쁜 새 돌아오기 알맞네 丰茸樹可艷禽歸
듬성듬성 발 시원한 기운 꽉 찼으니 疏簾滿貯蕭閑氣
술이랑 사양 말며 봄빛에 보답하세 報答韶光酒莫違

—『아정유고 3』

가을날 책을 읽다가

높고 맑은 가을 기운 나무가 먼저 아는데 泬寥秋令樹先知
따뜻함과 서늘함 모두 잊고 멍청이가 되었네 任忘暄涼做白痴
벽은 고요해 온갖 벌레 시끄럽게 울어대고 壁靜萬蟲勤自語

발은 비어 한 마리 새 익숙하게 서로 엿보네 簾虛一鳥慣相窺
돈 욕심 버리기를 더럽힐 것처럼 여기니 抛他錢癖如將浼
나를 책벌레라 불러도 사양하지 않으리 呼我書淫故不辭

—『아정유고 2』

냉정과 열정 사이를 오고가는 게 삶이다. 물론 냉정과 열정 사이에는 다양한 스펙트럼의 온도가 존재한다. 따뜻함, 미지근함, 뜨거움, 시원함, 서늘함, 차가움 등등. 냉정보다는 온화溫和함이 좋듯이 뜨거움보다는 따뜻함이 좋다. 열정보다는 평정平靜함이 좋듯이 차가움보다는 서늘함이 좋다. 이덕무의 삶과 글에도 따뜻함과 서늘함이 공존한다. 사람과 세상과 자연 만물을 바라볼 때는 따뜻함이 느껴지다가도, 재물과 권력과 명예와 출세에 굴복하지 않고 자신의 생각과 뜻을 지킬 때는 서늘함이 느껴진다. 사람은 따뜻할 때는 마땅히 따사한 봄날처럼 따뜻해야 하고, 서늘할 때는 마땅히 가을 서리처럼 서늘해야 한다.

시에는
경계가 있다

길 가는 도중에

저 멀리 손톱만 한 말, 콩알만 한 사람 가고 또 가고 寸馬豆人歷歷
단풍 든 하늘 대추 익은 땅 넓고도 멀구나 楓天棗地茫茫
어지러운 나무 구륵죽句勒竹의 형세이고 亂樹句勒竹勢
담백한 구름 도라면兜羅綿의 빛이네 澹雲兜羅綿光

―『아정유고3』

시에는 경계가 있다는 말은 무슨 뜻일까? 이덕무는 이렇게 말한다.

"글에는 경계가 있는가? 먼 곳의 물은 파도가 없고, 먼 곳의 산은 나무가 없고, 먼 곳에 있는 사람은 눈이 없고, 말하는 사람은 손가락으로 가리키고, 듣는 사람은 팔짱만 끼고 있다는 묘사가 바로 그것이다."

인간의 시선은 경계가 있다. 시선의 경계 가장자리에 있는 자연과 사물은 구체적인 모습으로 보이지 않기 때문에 형상화할 수밖에 없다. 먼 곳의 바다는 파도가 보이지 않고, 먼 곳의 산은 나무가 보이지 않고, 먼 곳의 사람은 눈·코·귀·입이 보이지 않는다. 그래서 먼 곳의 바다는 파도를 묘사하지 않고, 먼 곳의 산은 나무를 묘사하지 않고, 먼 곳의 사람은 눈·코·귀·입을 묘사하지 않는다. 단지 형체와 형상만을 묘사할 수 있을 뿐이다. 그런 점에서 시의 묘사는 그림의 묘사와 닮았다. 손톱만 하게 그 형체만 묘사해도 말인 줄 알고, 콩알만 하게 그 형상만 묘사해도 사람인 줄 안다. 이렇게 보면 인간의 시선은 경계에 머물지만 또한 그 경계 너머까지 바라본다는 것을 알 수 있다. 시선의 경계는 존재하지만 사고의 경계는 존재하지 않기 때문이다. 시적 묘사 역시 시선의 경계에 머물지 않고 사고의 경계로까지 확장한다. 그곳에 시적 상상력이 있다.

정부正夫를 그리워하며

오랜 친구 벼 베어 갈 때 故人割稻去
유독 국화 향내 풍겼는데 時菊獨揚芬
집 옮기니 누가 나를 찾으랴 移宅誰尋我
시 읊으면 항상 그대 생각나네 哦詩每憶君
요즘에 병이나 없는지 伊來無病未
한양에 언제나 들어오는가 何日入京云
지금 『논어』 독서하는데 論語今將讀
어떻게 의문의 뜻 들을까 若爲疑義聞

—『영처시고 2』

밤에 조촌潮村 지숙智叔의 집에 가서 심계 초정과 같이 짓다

저녁녘 개울 십 리 밖에 울리고 夕溪鳴十里
맑은 소리 한결같이 시원하네 淸聽一冷然

단풍 숲속 서옥書屋 찾아 書屋尋紅樹
흰 연기 헤치며 징검다리 건너네 漁梁涉白煙
반가운 손님 달과 함께 찾아오니 佳賓携月到
어진 아우 서리 쓸고 맞이하네 賢弟掃霜延
밤새워 오순도순 이야기 나누니 不寐團欒話
등불꽃 지워도 다시 곱게 피네 燈花剔更姸

—『아정유고3』

『시경』에는 이런 시가 있다 "사랑한다면 멀리 있어도 멀다 하지 않고 / 마음속에 있는데 어느 날인들 잊겠는가!" 사랑은 연인에 대한 사랑일 수도 있고, 부모에 대한 사랑일 수도 있고, 자식에 대한 사랑일 수도 있고, 친구에 대한 사랑일 수도 있다. 진실로 사랑한다면, 그 사랑이 어떤 사랑인들 이렇지 않겠는가?

영처嬰處의 미학

하늘을 노래하다

산뜻함과 맑음 하늘의 기색이라 至氣輕清本有儀
형체 높고 넓어 끝없지만 듣고 보는 건 나직하네 形高浩蕩俯臨卑
바람·구름·천둥·비 내키는 대로 흘러 다니고 風雲雷雨能行布
해·달·별 스스로 굴러 옮겨 다니네 日月星辰自轉移
백성 덮어 길러주니 공적 헤아리기 어렵고 覆育群生功莫測
만물 길러 성장하니 이치 넓고 멀어 끝이 없네 養成萬物理無涯
뉘라서 자연 조화 터득하지 渾全造化其誰料
저 맑고 푸른 하늘에 한번 묻고 싶네 我欲蒼蒼一問之

—『영처시고 1』

『영처시고』의 첫머리에 나오는 시다. 『영처시고』는 이덕무가 나이 20세 때 자신의 시를 모아 책으로 엮은 생애 최초의 시집이다. 조선의 선비들 중 호號를 많이 사용한 사람을 꼽으라면 1등은 추사 김정희이고, 2등은 다산 정약용이고, 3등은 이덕무 정도 되지 않을까 싶다. 이덕무는 생전에 수십 개의 호를 사용하며 자신을 드러냈다. 영처嬰處는 이덕무가 10대 시절 사용한 호다. 『영처시고嬰處詩稿』라는 시집 제목은 이 호에서 비롯되었다. 영嬰은 어린아이를 뜻하고, 처處는 처녀를 뜻한다. 어린아이와 처녀? 호 치고는 좀 이상한 호다. 이덕무는 왜 영처라는 호를 사용했을까? 또한 생애 최초의 시집에 왜 『영처시고』라는 제목을 붙였을까? 글쓰기 즉 시문에 대한 자신의 철학과 미학을 드러내기 위해서다. 이덕무는 『영처시고』에 스스로 서문을 붙여 이렇게 말했다.

"글을 짓는 것이 어찌 어린아이가 장난치며 즐기는 것과 다르겠는가? 글을 짓는 사람은 마땅히 처녀처럼 부끄러워하며 자신을 감출 줄 알아야 한다. 어린아이가 장난치며 즐기는 것은 '천진' 그대로이며, 처녀가 부끄러워 감추는 것은 '순수한 진정' 그대로인데, 이것이 어찌 힘쓴다고 되는 것이겠는가?"

'장난치며 즐기는 것'과 같은 어린아이의 천진한 마음, '부끄러워 감추는 것'과 같은 처녀의 순수한 마음으로 글을 써야 한다는 얘기다. 가식이나 인위가 아닌 진정眞情과 진심眞心을 글쓰기의 동력이자 원천으로 삼으라는 얘기다. 자신의 감정, 마음, 뜻, 기운, 생각을 가식적으로 꾸미거나 인위적으로 다듬지 않고 진실하고 솔직하게 드러내 표현하는 것이야말로 이덕무가 추구한 시의 미학이다.

매화의 미학

정월 초이렛날 이서구, 유득공, 박제가에게 주다

곱고 예쁜 한 그루 매화 姸姸一株梅
정녕 저 사람 방에 있구나 宛在伊人室
봄 등불 이끼 어린 가지에 비치니 春燈映苔槎
고운 칡베 펴놓고 갈필로 그려보네 綌氎馳渴筆
창 사이 쥐꼬리 모양 끝 가지 窓間鼠尾梢
그림과 비교하니 털끝만큼도 어긋나지 않네 比影毫無失
듬성듬성 매화 꽃잎 술잔 안으로 떨어지고 疏蕊落靑樽
그윽한 향기 살그머니 책 속으로 스며드네 暗香飄素袟
두건 바로 쓰고 꽃 든 채 빙그레 웃으니 整巾拈花笑
심오한 이야기 밤 깊어 끝이 나네 玄談丙夜畢
고상한 회포 꽃 머금어 깨끗하고 咀芳高懷淡
진실한 뜻 가득 꽃향기 맡네 嗅馨眞意密
이것으로 우리 마음 드러내니 持此證襟期
꽃에서 벗 한 사람 더 얻었네 花中添友一

—『아정유고 3』

섣달 그믐날 석여에게 주다

해마다 만나는 섣달 그믐날 年年逢除日
오늘 밤 다시 섣달 그믐날 除日又今宵
세월은 어찌 이리 빠른지 日月何太駛
슬프구나! 스스로 즐겁지 않네 惆悵自無聊
귀신 모시는 사당의 북소리 둥둥 祠神鼓鼕鼕
제사 올리는 부엌 등불 빛 아득하네 祭竈燈迢迢
매화도 한 시절이라 梅花亦幾時
남은 꽃잎 사람 향해 나부끼네 殘蘂向人飄
마음 함께한 서너 벗들 三四同心子
산 넘어 서로서로 찾아 나섰네 隔岡相與邀
손잡고 마당 사이 거닐면서 携手步庭際
새벽녘 북두자리 헤아리네 五更占斗杓
늙어갈수록 착한 덕을 닦아야지 老大修令德
젊고 고운 얼굴 시든다고 한탄하지 말라 莫歎朱顏凋

—『영처시고 2』

이덕무는 매화를 정말로 사랑한 사람이었다. 얼마나 매화를 사랑했을까? 매화에 미친 바보라는 뜻의 '매탕梅宕'이라는 호를 사용했고, '윤회매輪回梅'라고 이름 붙인 밀랍 인조 매화를 직접 창안하고 손수 만들었을 정도다. 왜 이덕무는 미쳤다는 소리도 마다하지 않을 만큼 매화에 탐닉했던 것일까? 고결하면서도 은은하고, 우아하면서도 담백하고, 도도하면서도 소박하고, 고고하면서도 친근하기 때문이다. 그에 비하면 벚꽃은 지나치게 아름답고, 지나치게 우아하고, 지나치게 화려하다. 지나치게 아름다우면 오히려 추악하고, 지나치게 우아하면 오히려 경박하고, 지나치게 화려하면 오히려 천박하다.

나의 스승
나의 벗 박지원

연암 박지원의 '어촌쇄망도漁村曬網圖'에 쓰다

사람 기척 없고 물결 소리 맑고 시원한데 了無人響翠泠然
낮 길어 몽롱하고 버들개지 날아다녀 눈빛 흐리네 永晝矇朧柳絮顚
복숭아꽃 먹어 삼킨 고기 모두 깨어나니 唼呷桃花魚盡悟
볕에 말린 고기 그물 연기처럼 출렁대네 漁罾閒曬漾如煙

—『아정유고 2』

개성 만월대에서 금천으로 가는 박지원, 백동수와 이별하며

번화한 옛 도읍 기름진 풀밭으로 변했으니 繁華只博草油油
쏜살같은 세월 오백 년이 흘렀네 彈指之間五百秋
부서진 벽돌 조각 줍고 가죽신 소리 상상하니 閒拾剩磚鞾響憶
무너진 주춧돌 미루어 기둥 둘레 헤아리네 細推崩礎柱圍求
구름 걷히고 물 흐르니 영웅의 기상이요 雲歸水逝英雄氣

꽃 지고 새 우니 나그네의 시름이네 花落鳥啼旅客愁
어찌 헤아리랴 흥망의 이치 나를 괴롭혀 豈謂興亡干我甚
이별하는 심정 눈물 줄줄 흐를 줄을 離情仍惹淚潸流

—『아정유고 2』

어렸을 때부터 오직 독서와 시문詩文밖에 몰랐던 서자 출신의 가난한 이덕무는 어떻게 훗날 자신의 재주와 능력을 발휘할 수 있었을까? 그 힘은 사회적 편견과 차별을 넘어선 사회적 네트워크 즉 사회적 교유 관계에 있었다. 마포와 남산을 옮겨가며 살던 이덕무는 나이 26세 때인 1766년(영조 42) 5월 지금의 인사동에 해당하는 관인방 대사동으로 이사를 왔다. 이때부터 본격적으로 홍대용, 박지원, 유득공, 박제가, 이서구, 서상수, 유금, 이만중, 이재성 등과 교류하고 교유했다. 이덕무는 이들과의 관계를 통해 사상적으로는 북학파北學派의 일원이 되고, 문학적으로는 백탑파의 일원이 되고, 관료로서는 규장각 4검서관 중 한 사람이 되어 18세기 조선의 문예부흥을 찬란히 빛낸 인물로 이름을 남길 수 있었다고 해도 과언이 아니다.

하지만 뭐니뭐니해도 이덕무가 이들과 관계를 맺고 살아가는 데 중심적인 역할을 한 사람은 단연 박지원이었다. 가난하고 이름 없는 선비 시절부터 이덕무에게 박지원은 최고의 지지자이자 후견인이었다. 시와 문장이 괴상하고 비루하다는 세간의 혹평과 비난에 이덕무가 괴로워할 때도 그 시문의 기이함과 새로움을 깊게 이해하고 가장 앞장서서 지지하고 옹호해준 사람은 박지원이었다. 이덕무에게 박지원은 멘토이자 롤 모델이라는 점에서는 스승이었지만, 동시에 자신을 진심으로 대해주고 진실로 알아준다는 점에서는 벗이었다. 만약 박지원이 이해하고 알아주고 지지하고 변호해주지 않았다면, 이덕무가 가난의 설움과 신분 차별의 굴레를 견뎌내면서 자신의 삶과 꿈을 개척해 나갈 수 있었을까 하는 의문이 들 정도다. 이덕무에 대한 박지원의 마음은 다음과 같은 말에 잘 나타나 있다.

"때로는 해가 저물도록 먹을거리를 마련하지 못한 적도 있고, 때로는 추운 겨울인데도 방구들을 덥힐 불을 때지 못하기도 했다. 하지만 이덕무는 젊은 시절부터 가난을 편안히 여겼고, 벼슬길에 나간 후에도 거처와 의복이 예전과 다르지 않았다. 평생 '기飢(굶주림)'와 '한寒(추위)' 두 글자를 결코 입 밖에 낸 적이 없었다. 임금을 가까이 모시고 총애를 받았지만 쓸쓸한 오두막집에 살며 빈천貧賤을 감내할망정 권세 있는 사람들과 어울리지 않았고 부귀와 권력을 탐하지도 않았다. 다른 사람들이 자신을 알아주지 않아도 원망하지 않는 내실을 갖추었고, 다른 사람과 어울리지 못하고 홀로 지내도 두려워하지 않는 정신을 지녔다."

진실로 자신을 알아주는 사람을 만나기란 결코 쉽지 않다. 그런 점에서 박지원을 만난 이덕무의 삶은 최고의 행복을 누린 삶이었다고 할 만하다.

시를 많이 짓지 않은 박지원

연암 박지원

연암은 문장에 있어서 창의력과 사고력이 가득 차서 넘쳐흐를뿐더러 고금을 뛰어넘어 통달하였다. 일시에 평평하고 원대한 산수山水에다가 그윽하고 깊은 감회를 소통하고 분산시키는 듯한 그의 시는 송나라의 서화가 미불米芾의 방에 들어가고도 남음이 있다. 마음이 가는 대로 글씨를 쓰기 시작하면 뛰어난 자태가 넘쳐나 기이하고 괴이한 모습이 세상 어떤 물건과도 비교할 수 없을 지경이었다. 일찍이 읊은 시에 다음과 같은 구절이 있다.

짙푸른 물 청명한 모래 외로운 섬에 水碧沙明島嶼孤
해오라기 신세 티끌 한 점 없구나 鵁鶄身世一塵無

그의 시품詩品 역시 오묘한 경지에 들었다는 사실을 알 수 있다. 다만 자랑하는 것을 꺼려서 그 시를 밖으로 잘 내놓지 않는다. 마치 송나라의 청백리 포용도包龍圖(포청

천)가 웃으면 황하의 물이 맑아진다는 말에 비유할 만큼 많이 얻어볼 수가 없다. 이 때문에 함께하는 사람들이 매우 아쉽고 한탄한다. 일찍이 내게 오언고시를 준 적도 있다. 문장을 논할 때는 매우 광대하고 광활하여 가히 볼 만하였다.

—『청비록 3』

좋은 시를 찾아 모으는 일을 즐거워했던 이덕무는 박지원의 시가 많지 않다는 점을 매우 안타까워했다. 이덕무뿐만 아니라 주변 모든 사람들의 심정도 마찬가지였다. 그럼에도 불구하고 왜 박지원은 시를 많이 짓지 않았을까? 그 까닭은 박지원이 시는 격식과 법칙, 운율과 성률에 구속되어야 하기 때문에 자신이 하고 싶은 말을 표현하는 데 크게 적합하지 않다고 여겼기 때문이다. 박지원의 아들 박종채는 "이런 까닭에 아버지는 종종 시 한두 구절을 짓다가 그만두시곤 하셨다"고 증언하고 있다. 박지원은 마음속 하고 싶은 말을 자유분방하게 쏟아내는 데에는 시보다는 산문이 훨씬 더 유용하다고 생각했기 때문에 산문 작업에 전력을 쏟았고, 이로 인해 현저히 적은 분량의 시만 남겼다고 할 수 있다.

18세기 조선은 '시의 시대'라기보다는 '산문의 시대'였다. 그 까닭은 첫째는 시보다는 산문이 더 크게 유행했기 때문이고, 둘째는 뛰어난 시인보다는 탁월한 문장가들이 훨씬 더 많이 나왔기 때문이고, 셋째는 시는 옛 시의 격식과 법칙 그리고 운율과 성률을 파괴하는 데까지 나아가지 못했지만 산문은 고문古文의 형식과 문체 그리고 소재와 주제를 파괴하는 데까지 나아갔기 때문이다. 문장에서는 거대한 혁신이 일어났다. 시에서도 혁신이 일어나지 않은 것은 아니지만 문장에 비하면 상대적으로 혁신의 깊이가 얕고 범위가 좁았다.

그렇다면 시와 산문에 대한 박지원과 이덕무의 태도는 어떤 점에서 같고 어떤 점에서 달랐을까? 박지원은 '산문의 시대'를 주도할 문장 혁신을 일으키기 위해 시를 버리고 산문에 집중하는 전략을 선택했다. 반면 이덕무는 산문은 물론 시에서도 혁신을 일으키기 위해 시와 산문 모두에 몰두했다. 이 때문에 이덕무는 비록 산문에서는 박지원을 뒤따랐지만, 시에서만큼은 박지원도 따라올 수 없는 독자적인 영역을 개척하고 독보적인 경지를 이룩할 수 있었다.

누구나 시를 지을 수 있고,
누구나 시인이 될 수 있다!

아홉 살 어린아이의 시

갑신년(1774)에 어떤 사람이 강 가운데 사는 아홉 살 어린아이의 시를 가져와서 내게 보여주었다. 그 시는 다음과 같다.

비 올 기미 봄기운 절정으로 치닫고 雨氣冥冥春欲盡
끝없는 물가 꽃밭 석양이 비껴 걸렸네 芳洲無限夕陽斜
사시사철 푸른 고목 쓸쓸히 꾀꼬리 울고 陰陰古木空黃鳥
또렷한 푸른 산 단지 몇 채의 민가뿐 歷歷靑山但數家

그 시의 필법筆法 역시 수려하고 걸출하였다.

—『청비록 1』

양근 고을의 나무꾼

양근陽根 고을에 사는 나무꾼 봉운鳳雲 정포는 여씨呂氏

라는 사람의 노비이다. 그런데 그 얼굴 생김새가 예스럽고 괴이하였다. 어렸을 적에 몇 권의 책을 읽었는데, 시인의 바탕을 두루 갖추고 있었다. 일찍이 관청에서 배급해주는 쌀을 받으러 간 적이 있었다. 그런데 관청에서는 장부에 그 이름이 누락되어 있다면서 쌀을 배급해주지 않았다. 서글프고 우울한 마음에 관청의 누각에 기댄 채로 시 한 편을 읊었다.

산새는 나무꾼의 성姓 알지 못하고 山禽不識樵夫姓
관청의 장부엔 별 볼 일 없는 사람 이름 없구나 郡籍曾無野客名
태창太倉(광흥창)의 곡식 한 톨도 나누기 어려운데 一粒難分太倉粟
높다란 누각에 홀로 기대 있자니 저녁 연기 피어오르네 高樓獨倚暮煙生

그 시가 마침내 입에서 입으로 흘러 전파되다가 군수의

귀에까지 들어갔다. 군수는 도무지 믿을 수 없었다. 그래서 그를 불러서 시험 삼아 '휘영청 밝은 달 아래에서 빨래하며(浣紗明月下)'라는 시제時題를 주고 시를 짓게 하였다. 정포는 즉석에서 시를 지었다. 그 시는 다음과 같다.

흰 돌은 반짝반짝, 달은 비단 비추고 白石磷磷月照紗
들녘 하늘 물 같고 물은 모래 같네 野天如水水如沙
살짝 젖은 연꽃 겨우 색깔 구분하고 輕沾◯藕纔分色
어지럽게 겹친 노을 무늬 미처 꽃이 못 되었구나 亂疊霞紋未作花
교인鮫人(인어)의 소반에 진주 구슬, 눈물 아니고 不是鮫盤珠結淚
때마침 매미 날개에 이슬 맺힌 꽃이네 秪應蟬翼露凝華
동쪽 개울 친구 불러 대접하니 招招且待東溪伴
버드나무 드리운 집, 베틀 놀려 베 다 짰구나 織罷春機垂柳家

군수는 크게 놀라서 즉시 쌀을 주라고 명령하였다. 마침내 그 명성이 널리 퍼져서 사대부와 더불어 시를 수작酬酌하고 화답하였다. 지금까지 변함없이 계속되고 있다. 그는 또한 '동호절구東湖絶句'에서 다음과 같이 읊었다.

동호의 봄 물빛 쪽빛처럼 푸르고 東湖春水碧如藍
백조 두세 마리 또렷하게 보이네. 白鳥分明見兩三
어기영차 노 젓는 한 목소리에 날아가버린 뒤 柔櫓一聲歸去後
해질녘 산빛만 쓸쓸히 물속 가득하구나 夕陽山色滿空潭

이 시 역시 사람들이 입에서 입으로 전하며 외우곤 하였다.

—『청비록 3』

동양위의 노비

동양위가 거처하는 궁택宮宅의 노비 역시 시를 잘 지었다. 그의 시는 다음과 같다.

떨어진 나뭇잎 바람 앞 속삭이고 落葉風前語
차가운 꽃비 온 뒤 훌쩍이네 寒花雨後啼
오늘 밤 상사몽相思夢으로 지새우는데 相思今夜夢
작은 다락 서쪽 달빛 하얗구나 月白小樓西

최기남은 호가 귀곡龜谷으로 동양위의 궁노宮奴다. 그 역시 시집이 있다. '한식날 길을 가던 중에(寒食途中)'라는 시는 다음과 같다.

샛바람 이슬비 기다란 둑 지나가니 東風小雨過長堤
풀빛 자욱한 안개 눈앞 흐릿해지네 草色和煙望欲迷
한식날 북망산 아래 길에서 寒食北邙山下路
들까마귀 날다 백양나무 앉아 훌쩍이네 野烏飛上白楊啼

동양위 부자와 형제 그리고 조손祖孫은 문채와 풍채가 모두 뛰어나 재상에 올라도 부끄럽지 않을 만하였다. 그의 노비들 역시 시를 잘 지어서 꽃과 새를 거리낌 없이 읊조렸다.

—『청비록 2』

기생 시인

추향秋香과 취선翠仙이라는 기생도 역시 시를 잘 지었다. 취선의 호는 설죽雪竹이다. 그녀의 시 '백마강에서 옛일을 회고하다(白馬江懷古)'는 다음과 같다.

저물녘 고란사 닿아 晩泊皐蘭寺
서풍에 홀로 누각에 기대네 西風獨倚樓
용은 간데없고 강만 만고萬古를 흐르고 龍亡江萬古
꽃 떨어지고 달만 천추千秋를 비추네 花落月千秋

'봄단장(春粧)'이라는 시는 다음과 같다.

봄단장 급하게 끝내고 거문고에 기대니 春粧催罷倚焦桐

주렴에 붉은 햇살 은근히 차오르네 珠箔輕盈日上紅
밤안개 짙어 아침 이슬 흠뻑 적시니 香霧夜多朝露重
동쪽 담장 아래 해당화 눈물 흘리네 海棠花泣小墻東

—『청비록 2』

사람들은 대개 글은 누구나 쓸 수 있다고 생각한다. 그런데 유독 시는 그렇게 생각하지 않는다. 시를 짓는 방법과 법칙이 따로 있고, 그 방법과 법칙을 배우고 익혀야만 시를 지을 수 있다고 생각하기 때문이다. 하지만 이덕무는 시는 누구나 지을 수 있다고 생각했다. 하늘과 땅 사이에 존재하는 모든 것이 시다. 시인은 그러한 시적 존재를 시적 언어로 묘사하는 사람일 뿐이다. 단지 영처의 시학詩學에서 볼 수 있는 것처럼 가식적으로 꾸미거나 인위적으로 다듬지 않고 자신의 감정, 마음, 뜻, 기운, 생각을 진실하고 솔직하게 드러내 묘사하면 된다. 세상 모든 것이 시적 존재이고 세상 모든 사람이 시인이라고 생각했기 때문에, 이덕무는 좋은 시를 고르고 모을 때 나이의 많고 적음, 신분의 높고 낮음, 남성과 여성의 성별 차이를 따지지 않았다. 좋은 시는 어린아이도 지을 수 있고, 나무꾼도 지을 수 있고, 노비도 지을 수 있고, 여성도 지을 수 있기 때문이다. 누구나 시를 지을 수 있고 시인이 될 수 있다는 이덕무의 견해를 그의 벗 유득공은 이렇게 표현했다.

"시는 누구나 지을 수 있다. 민간의 부녀자나 어린아이라고 해서 안 될 것이 없다."

사람은 태어날 때부터 시인의 자질과 재능을 지니고 있다. 시는 배우고 익혀서 짓기도 하지만, 구태여 배우고 익히지 않아도 지을 수 있다. 배우고 익혀서 지은 시 중에도 좋은 시가 있고 나쁜 시가 있듯이, 배우거나 익히지 않고 지은 시 가운데에도 좋은 시가 있고 나쁜 시가 있다. 여기에는 시를 볼 때 편견이나 차별 없이 읽어야 한다는 메시지가 담겨 있다.

소설은 구조의 문학,
시는 직관과 감각의 문학

고추잠자리 그림자 희롱하며

담장에 드리운 그림자 도자기 잔금인 듯 墻紋細肖哥窯坼
흐트러진 댓잎마냥 개个 자 모양 푸르구나 篁葉紛披个字靑
우물가 가을볕 속 그림자 아른아른 井畔秋陽生影纈
붉은 허리 하늘하늘 야윈 저 고추잠자리 紅腰婀娜瘦蜻蜓

—『아정유고 1』

소설은 일정한 짜임새를 갖춰야 한다는 점에서 구조의 문학이라고 할 수 있다. 발단→전개→위기→절정→결말 등의 구조가 대표적인 경우다. 반면 시는 직관과 감각의 문학이라고 할 수 있다. 감정과 감흥이 일어나는 대로 혹은 기분과 흥취와 느낌에 따라 순간순간 떠오르는 생각을 표현하기 때문이다. 그래서 소설은 구상構想이 중요하고, 시는 시상詩想이 중요하다. 이때 구상이 소설적 짜임새라고 한다면, 시상은 시적 착상이라고 할 수 있다.

담장에 내려앉은 고추잠자리가 드리운 그림자를 보는 순간 이덕무는 도자기 무늬를 떠올린다. 이 순간 이덕무의 시적 감흥과 착상은 정교하고 아름다운 도자기 무늬에 견주어 고추잠자리 그림자의 정교함과 아름다움을 포착한다. 그때 탄생한 시구가 "담장에 드리운 그림자 도자기 잔금인 듯"이다. 또한 그림자에서 시선을 옮겨 담장에 앉아 있는 고추잠자리를 보는 순간 고추잠자리의 '개个' 자 형상은 흐트러진 댓잎 모양과 오버랩되어 포착된다. 그 순간 이덕무의 시적 흥취와 착상은 "흐트러진 댓잎 마냥 개个 자 모양 푸르구나"라는 시구로 태어난다. 시적 대상이 작자의 시적 흥취, 시적 착상, 시적 언어, 시적 묘사와 절묘하게 조화를 이룰 때 좋은 시가 나온다.

담담함과
읊조림

늦봄 홀로 술 마시며

쏜살같은 세월 술잔 속 들어오니 鼎鼎年華入酒卮
처음 호탕하다가 점차 별일 없어졌네 初因莽宕轉無爲
육신 은둔 꿈꾸면서 무엇 하러 글은 저술하랴 身將隱矣書何著
학문 이루지 못해 운명 비로소 알겠네 學未成焉命始知
모든 것 오활한 사람 지금 시대 나뿐 通體迂惟當世我
마음으로 사귈 사람 일생에 누구인가 寸心交是一生誰
많은 거짓 적은 진실 익히 겪었으니 贗多眞少經來慣
이제 두 눈 나 홀로 간직하네 雙眼如今獨自持

―『아정유고 2』

조롱에 해명하다

큰 계책 억지로 이루기 어려워 大黠知難强
차라리 철저히 진실 닦으려네 寧修徹底眞

깨끗한 이름 예전 그대로 나인데 淨名吾古我
헐뜯고 욕하는 사람 누구인가 赤口彼何人
비방과 조롱 경박한 습관이니 好惹澆澆習
담박한 정신 괴롭힐 뿐이네 要煩澹泊神
세상 풍문 두 귀에 스치지만 風痕從兩耳
갈수록 고고한 하늘만 믿을 뿐 去去信高旻

—『아정유고 1』

홀로 담담하게 읊조리고 있는 듯한 느낌을 주는 시다. 마음에 울화가 쌓여 있으면 대개 두 가지 반응이 나타난다. 울화를 터뜨려 울부짖거나 분노하든지 혹은 담담하게 울화를 삭이거나 묵묵하게 받아들이든지. 하지만 담담하게 삭이거나 묵묵하게 받아들인다 해도 도저히 참을 수 없을 때가 있다. 대개 이 순간 중얼거림, 투덜거림, 푸념, 하소연, 읊조림 등이 나온다. 그래서일까? 가슴에 울화가 가득 쌓인 시인은 읊조리듯 시를 쓴다. 이때 시인이 선택하게 되는 시적 묘사법은 '담담하게 읊조리는 것'

이다. 시의 미학은 절제와 여백, 압축과 생략이라고 하지 않았던가? 울부짖거나 분노하기보다는 담담하게 읊조리면 읊조릴수록 독자는 시인의 내면에 겹겹이 쌓여 있는 무엇인가를 읽게 된다. 담담함과 읊조림 속에 감춰져 있는 시인의 내면을 읽으려고 애쓰기 때문에, 시인은 독자에게 직접적으로 말할 때보다 더 많은 말을 전할 수 있다. 이것이야말로 '말하지 않으면서 말하는 것'이 아닌가!

산문 같은 시,
시 같은 산문

수수를 꺾어 빗자루를 매며

4월에 조촌潮村에 갔다. 수수 낟알이 겹겹이 달려 있는데 검으면서 붉은빛이 번득였다. 일가 사람 화중和仲이 "빗자루를 만들기에 좋다. 다른 수수는 억세고 오래가지 못한다. 말총 같지 않다. 그런데 이 수수는 그렇지 않다"고 하였다. 그러면서 내게 세 움큼을 건네주었다. 집에 돌아와 돌담 그늘에 심었다. 6~7월이 되자 헌칠하게 자라서 단단해졌다. 8월에 접어들자 질겨져서 과연 빗자루를 맬 만하였다.

높고 높은 수수 돌담 그늘 峩峩薥黍石垣陰
8월 되자 붉은 줄기 두 길 자랐네 八月朱莖邁二尋
총채처럼 긴 빗자루 매고 나서 長帚縛來如尾穗
낟알 털고 모아 새밥 주었네 散它餘粒施飢禽

—『아정유고 1』

이덕무는 시를 쓰듯이 산문을 쓰고, 산문을 쓰듯이 시를 썼다. 그래서 이덕무의 시 중에는 산문 같은 시가 많고, 또한 산문 중에는 시 같은 산문이 많다. 더욱이 마치 동일한 장면과 풍경을 묘사한 듯 서로 꼭 빼닮은 시와 산문도 많다. 산문 같은 시의 대표적인 경우가 이 시라면, 시 같은 산문의 대표적인 경우는 이덕무의 산문집인 『선귤당농소』에 나오는 다음과 같은 글이다.

"봄 산은 신선하고 산뜻하다. 여름 산은 물방울이 방울방울 떨어진다. 가을 산은 여위어 수척하다. 겨울 산은 차갑고 싸늘하다."

이덕무는 앞서 소개한 영처嬰處의 미학에서 살펴본 것처럼 인위적으로 다듬지 않고 가식적으로 꾸미지 않은 진솔한 글쓰기를 추구했다. 진솔한 글쓰기는 시라고 다르지 않고, 산문이라고 다르지 않다. 이덕무의 시와 산문은 모두 '진솔한 글쓰기'라는 한 뿌리에서 나온 다른 가지였다. 진솔한 글쓰기는 "오직 감정, 생각, 기운, 뜻, 정신을 드러낼 뿐 형식과 문체에 얽매이거나 구속당하지 않는다"는 이덕무의 메시지에 잘 담겨 있다. 이 때문에 시 같은 산문 또는 산문 같은 시 혹은 서로 꼭 빼닮은 시와 산문이 나올 수 있었다고 하겠다.

풍속화와
풍속시

정월 대보름날 밤에

집집마다 다리 근처로 나가 家家橋畔出
한산주가 온통 시끌벅적하네 闐咽漢山州
대지에는 봄기운이 막 감돌고 大地春初到
중천에는 달이 환하게 흐르네 中天月正流
마음에는 쓸쓸이 옛 시 떠오르고 藏心空舊詠
머리 들어 바라보니 시름뿐 矯首只間愁
함께 걸었던 옥하로에서 聯袂玉河路
누구와 더불어 노니는지 알 수 없네 不知誰共遊

—『아정유고 3』

시를 쓰듯이 산문을 쓰고 산문을 쓰듯이 시를 썼던 것처럼 이덕무는 그림을 그리듯 시를 쓰고 시를 쓰듯 그림을 그렸다. 이와 같은 이덕무의 미학은 『선귤당농소』에 나오는 "그림을 그리면서 시의 뜻을 알지 못하면 색이 어둡거나 메말라 조화를 잃게 되고, 시를 지으면서 그림의 뜻을 알지 못하면 시의 맥락이 잠기거나 막히게 된다"라는 말에 잘 나타나 있다.

잘 알려져 있다시피 18세기 전반기 조선의 문화 예술을 주름잡았던 겸재 정선의 진경산수화는 후반기로 들어서면서 단원 김홍도와 혜원 신윤복의 풍속화로 변화 발전했다. 진경산수화는 '조선적인 것' 즉 조선의 고유한 색과 멋을 표현하고 묘사하는 데서 출발했다. 전반기의 진경산수화가 후반기의 풍속화로 변화 발전한 이유 역시 여기에서 찾을 수 있다. 처음 조선의 자연산천에서 '조선적인 것'을 찾았던 흐름이 점차 사람들이 살아가는 실제 모습 즉 풍속과 문화에서 '조선적인 것'을 찾는 흐름으로 이동했기 때문이다. 그런 점에서 18세기는 '조선적인 것' 곧 조선 고유의 풍속과 문화를 발견 혹은 재발견하는 시대이기도 하다. 이덕무의 시작詩作 역시 이러한 흐름에서 크게 벗어나지 않았다. 아니 오히려 이덕무는 앞서 박지원이 그의 시를 가리켜 '조선의 국풍'이라고 말한 것처럼 조선 고유의 풍속과 문화를 시로 표현하고 묘사하는 시대의 흐름을 누구보다 앞서 주도했다. 겸재 정선의 진경산수화와 어깨를 나란히 하며 진경시가 나타났던 것처럼, 이덕무의 풍속시는 단원 김홍도와 혜원 신윤복의 풍속화와 어깨를 나란히 하며 성장했다고 해도 과언이 아니다. 18세기 한양 도성 안에는 정월 대보름날 남녀노소를 불문하고 거리로 몰려나와 대광통교와 소광통교 그리고 수표교 등 청계천 다리를 밟고 다니는 답교踏橋 풍속이 있었다. 그렇게 하면 다릿병이 낫고 또한 1년 동안 다릿병을 앓지 않는다고 생각했기 때문이다. '정월 대보름날 밤에'는 18세기 한양의 답교 풍속을 잘 묘사한 이덕무의 대표적인 풍속시다. 김홍도와 신윤복의 풍속화를 통해 18세기 한양 사람들의 삶의 풍경을 볼 수 있는 것처럼, 이덕무의 시를 통해서도 그 시대 삶의 풍경을 상상해볼 수 있다. 이 시대 풍속화와 풍속시의 조우는 시와 그림을 동일한 맥락에서 이해했던 이덕무의 시학詩學을 고스란히 반영하고 있다고 할 수 있다.

이덕무와 신천옹

원유진이 보내온 글자에 따라 시를 짓다

인연 따라 신천옹에게 마음 의지하니 隨緣自托信天翁
현세의 호걸이요 술고래네 現世豪情又酒龍
거나하게 취해 홀로 웃음 참지 못하고 澹醉難禁孤笑發
서책에 둘러싸여 그 속에 앉아 있네 書城周帀據當中

―『아정유고3』

수많은 호를 사용했던 이덕무를 대표하는 호는 무엇일까? '청장관靑莊館'이다. 이 호가 이덕무를 대표하는 호가 된 까닭은 무엇인가? 그의 자의식이 가장 잘 나타나 있기 때문이다. 박지원은 이덕무가 '청장관'을 호로 삼은 이유를 이렇게 밝히고 있다.

"청장靑莊은 해오라기의 별명이다. 이 새는 강이나 호수에 사는데, 먹이를 뒤쫓지 않고 제 앞을 지나가는 물고기만 쪼아먹는다. 그래서 신천옹信天翁이라고도 한다. 이덕무가 '청장관'을 자신의 호로 삼은 것은 이 때문이다."

'청장'은 해오라기 혹은 신천옹이라고도 불리는 새다. 먹이를 뒤쫓지 않고 제 앞을 지나가는 물고기만 잡아먹는 이 새의 특징에 의탁하여 이덕무는 재물과 명예와 출세와 권력을 뒤쫓아 다니지 않는 자신의 마음을 나타내기 위해 '청장관'이라는 호를 사용한 것이다. 자의식이란 자기 자신에 대한 자각적 의식이다. '나란 누구인가' 혹은 '나는 어떤 사람인가?'에 대한 자기 인식이나 자각적 의식, 다시 말해 나는 어떤 존재인지, 나는 어떤 사람인지에 대해 스스로 갖고 있는 어떤 인식과 의식이 바로 자의식이다. '청장관'이라는 호에는 욕심 없고 순박하고 담백한 존재로 자기 자신을 인식하는 이덕무의 마음이 담겨 있다. 또한 욕심 없고 순박하고 담백한 삶을 살겠다는 이덕무의 의지가 새겨져 있다. 그런 의미에서 '신천옹'은 바로 이덕무의 자의식이다. 이덕무가 신천옹이고, 신천옹이 이덕무다.

아방가르드 정신 –
이덕무와 김수영

반정균이 비평한 시권에 쓰다

한나라와 위나라를 본받아 따라봤자 참마음만 잃을 뿐 專門漢魏損眞心
나는 지금 사람이기에 또한 지금을 좋아할 뿐이네 我是今人亦嗜今
만송晩宋과 만명晩明 사이의 별다른 길을 개척했다는 晩宋晩明開別逕
난공蘭公(반정균)의 한마디 말은 나를 알아본 것이지 蘭公一語托知音

—『아정유고 3』

필자는 이덕무를 좋아하는 만큼 김수영을 좋아한다. 두 사람에게서 공통적으로 발견할 수 있는 아방가르드 정신 때문이다. 전위주의 혹은 전위예술을 뜻하는 아방가르드 정신의 본질은 '혁신'이다. 혁신은 이전 시대와는 다른 새로운 것을 추구하고, 상상하고, 실험하고, 도전하고, 모험하고, 개척하고, 생산하고, 창조한다는 뜻이다. 혁신을 위해 필요한 조건은 '불온성'이다. 불온해야 낯익고 익숙한 것을 거부하고 부정할 수 있으며 낯설고 익숙하지 않은 것에 대한 두려움과 공포에서 벗어날 수 있기 때문이다. 또한 불온해야 아직 존재하지 않거나 미처 발견하지 못한 새로운 것을 상상할 수 있기 때문이다. 그래서 나는 꿈과 불가능을 추구하는 것이야말로 문화의 본질이고, 이 때문에 모든 살아 있는 문화는 불온하다고 선언한 김수영을 사랑한다. '불온함'이야말로 '살아 있음'의 증거다. 글이 불온하지 않다면 그 글은 죽은 글이요, 사람이 불온하지 않다면 그 사람은 죽은 사람일 뿐이다.

중심과 주변

연경으로 떠나는 박감료와 이장암에게 주다

조선 역시 좋은 점 있으니 朝鮮亦自好
어찌 중국만 모두 좋겠는가 中原豈盡善
중심과 주변의 구별이 있다고 해도 縱有都鄙別
모름지기 평등하게 보아야 하네 須俱平等見

—『아정유고 4』

이덕무는 산문집 『선귤당농소』에서 말똥구리의 '말똥'과 용의 '여의주'의 가치가 동등하다는 선언을 통해 존귀尊貴와 미천微賤의 이분법적 구도를 전복하고 해체해버렸다. 그리고 여기 이 시에서 이덕무는 다시 중국과 조선은 평등하다는 선언을 통해 중화와 오랑캐의 구도를 전복하고 중심과 주변의 이분법을 해체해버린다. 중화와 오랑캐, 중심과 주변의 이분법이 전복되고 해체되자 우월과 열등, 선진과 후진, 문명과 미개의 이분법 역시 전복되고 해체된다. 중화와 오랑캐, 중심과 주변의 이분법이 전복되고 해체되어버린 자리에는 이제 차별을 넘어선 차이의 가치, 동일성을 넘어선 다양성의 가치, 획일성을 넘어선 다원성의 가치 그리고 균등·동등·평등의 가치가 새로운 영토를 만들어나간다. 그렇다면 이러한 가치가 만들어나간 새로운 영토에는 무엇이 있을까? 바로 중국적인 것에 대한 무조건적인 모방과 맹목적인 숭상을 넘어선 '조선적인 것에 대한 관심과 재발견'이다. 조선적인 것에 대한 관심과 재발견이 18세기 조선을 '진경시대'로 만들었다.

언어의 선택

만추

가을날 작은 서재 맑은 흥취 못내 겨워 小齋秋日不勝淸
갈포葛布 두건 매만지며 물소리 듣네 手整葛巾聽水聲
책상엔 시편詩篇 울타리엔 국화 案有詩篇籬有菊
그윽한 풍취 도연명 닮았다 웅성이네 人言幽趣似淵明

—『영처시고 2』

시를 읽는 순간 누구나 서재, 갈건, 시편, 국화, 도연명 등 시어詩語의 연속성과 연관성을 통해 어렵지 않게 세상사를 멀리하며 처사處士와 은사隱士의 삶을 추구하는 젊은 선비 이덕무의 순박한 마음과 담백한 삶을 짐작할 수 있다. 글을 지을 때 가장 중요한 요소 중의 하나가 '언어의 선택'이다. 어떤 언어를 선택하느냐에 따라 글 전체의 분위기와 품격이 완전히 달라지기 때문이다. 시의 경우 더욱 언어의 선택이 중요하다. 시는 생략과 압축, 절제와 여백의 미학을 추구하기 때문에 산문과 비교해 상대적으로 훨씬 적은 언어를 사용하기 때문이다. 그럼 시는 어떻게 언어를 선택할까? 시어詩語가 바로 그것이다. 한 마디의 시어에 백 마디, 천 마디 혹은 만 마디의 말을 담아야 하고 백 가지, 천 가지 혹은 만 가지의 뜻을 새겨야 한다. 백 마디·천 마디·만 마디의 말을 하지 않아도 자신의 말을 다 표현할 수 있는 시어의 선택, 백 가지·천 가지·만 가지의 뜻을 다 드러내지 않아도 자신의 뜻을 다 묘사할 수 있는 시어의 선택, 그것이 바로 시의 생명을 살리기도 하고 죽이기도 한다.

꿀벌은 꿀을 만들 때 꽃을 가리지 않는다

시를 논하다

모든 사물 반듯하고 비스듬해 간추리기 어렵고 難齊萬品整而斜
온갖 빛깔 옥돌, 해에 구운 노을이네 色色璁瓏日炙霞
먹는 것 입는 것 다르지만 이치는 원래 하나 喫著雖殊元一致
누에 치는 이 농사짓는 이 조롱하며 웃을 건가 蠶家未心哂耕家

—『아정유고 1』

이덕무는 조선과 중국의 역대 한시는 물론이고 일본의 한시까지 두루 섭렵했다. 이 사실을 안 어떤 사람이 이덕무에게 질문했다. "역대 시 중에서 어떤 것이 가장 좋습니까?" 이덕무는 어떻게 답했을까? "꿀벌은 꿀을 만들 때 꽃을 가리지 않는 법입니다. 만약 꿀벌이 꽃을 가린다면 꿀을 만들지 못할 것입니다. 시를 짓는 것 역시 이와 다르지 않습니다." 시는 시대에 따라 다르다. 시는 나라에 따라 다르다. 시는 지방에 따라 다르다. 시는 계절에 따라 다르다. 시는 사람에 따라 다르다. 이런 까닭에 가장 좋은 시는 어떤 것이라고 말할 수 없다. 시대에 따라 좋은 시가 다르고, 나라에 따라 좋은 시가 다르고, 지방에 따라 좋은 시가 다르고, 계절에 따라 좋은 시가 다르고, 사람에 따라 좋은 시가 다르기 때문이다. 벌이 꿀을 만들 때 꽃을 가려서 취하지 않듯이 시 또한 어느 시대에 어떤 나라의 어떤 사람이 지었는가를 가려서는 안 되고, 단지 작자作者의 정신·감정·생각·뜻·기운이 살아 있는가 그렇지 않은가를 보면 된다. 다른 사람의 시를 답습하거나 흉내 내거나 모방하지 않고 자신의 정신精神이 생동하는 진짜 시, 자신의 지기志氣가 꿈틀대는 살아 있는 시를 지을 수 있는 비결이 거기에 있다.

가난한 날의 벗, 유득공

유득공, 박제가와 밤나무 아래에서 쉬며

가을 샘 흐느끼며 무릎 아래 지나가니 秋泉鳴歷膝
어지러이 솟은 산속 책상다리하고 앉았네 趺坐亂山中
낮에 먹은 술 저녁 무렵 올라오니 午飮晡來湧
활활 달아오른 귀, 단풍 닮았네 烘烘耳似楓

—『아정유고 1』

이덕무와 유득공은 가난과 굶주림을 함께 나눈 벗이었다. 박제가는 이렇게 말한 적이 있다. "세상에서 가장 가까운 친구로는 궁핍할 때 사귄 벗을 꼽고, 친구의 가장 깊은 도리로는 가난할 때 의논하는 일을 꼽는다. 가난하고 궁색할 때 사귄 친구를 '지극한 벗'이라고 하는데, 그 사이가 아무 허물이 없고 대수롭게 여기지 않기 때문일까? 또한 요행으로 얻을 수 있기 때문일까? 그렇지는 않을 것이다. 단지 서로 처한 상황이 비슷하고, 겉모습이나 행적을 돌아다볼 필요가 없고, 가난이 주는 고통스러운 상황을 이미 잘 알고 있기 때문이다. 그래서 손을 부여잡고 수고로움을 위로할 때는 반드시 먼저 밥은 먹었는지 굶었는지, 추위에 떨거나 더위에 지치지는 않았는지를 묻고, 그런 다음 집안 살림의 형편을 물어보곤 한다. 그러다보면 말하고 싶지 않았던 일조차 저절로 입 밖으로 나오게 마련이다. 진심으로 나를 측은하게 여기는 정을 느끼고 감격하는 바람에 마음이 그렇게 하도록 시킨 것이다."

그런 점에서 이덕무와 유득공은 '가장 가까운 친구'이자 '지극한 벗'이었다. 거리낌 없이 가난과 굶주림을 의논하고 진심으로 서로를 측은하게 여겼기 때문이다. 맹자가 밥을 사고 좌구명이 술을 샀다는 이덕무의 서글픔 속에서도 웃음을 자아내게 만드는 글 한 편을 통해 이와 같은 두 사람의 관계를 엿볼 수 있다. 이 글은 이덕무가 이서구에게 보낸 편지다.

"내 집 안에 있는 물건 중 가장 좋은 것은 다만 『맹자』 7편뿐인데, 오랫동안 굶주림을 견디다 못해 돈 200닢에 팔아버렸네. 밥을 배불리 실컷 먹고 희희낙락하며, 유득공의 집으로 달려가 크게 자랑했네. 그런데 유득공 역시 오랫동안 굶주려온 터라 내 말을 듣더니 그 즉시 『춘추좌씨전』을 팔아버렸네. 그리고 술을 사와 서로 나누어 마셨는데, 이것은 맹자가 손수 밥을 지어서 내게 먹이고, 좌구명(『춘추좌씨전』의 저자)이 친히 술을 따라서 내게 권한 것과 무엇이 다르겠는가. 나와 유득공은 서로 맹씨와 좌씨를 한없이 높여 칭찬하였네. 우리 두 사람이 일 년 내내 이 책을 읽는다고 한들 어찌 굶주림을 조금이나마 모면할 수 있겠는가? 진실로 글을 읽어 부귀영화를 얻고자 하는 것은 도대체 우연한 행운을 바라는 술책일 뿐이니, 당장에 책을 팔아서 한때나마 굶주림과 술 허기를 달래는 것이 더 솔직하고 거짓 꾸밈이 없는 행동이라는 사실을 이제야 비로소 깨달았네. 참으로 서글픈 일이지 않은가! 그대는 어찌 생각하는가?"

『맹자』를 팔아 밥을 사 먹고 『춘추좌씨전』을 팔아 술을 사 먹는 사이였으니, 이덕무와 유득공은 진실로 궁핍함과 가난함과 굶주림과 추위를 함께한 '가장 가까운 친구'이자 '지극한 벗'이라고 할 수 있지 않겠는가?

이덕무와 달

추운 겨울밤 마음 가는 대로 짓다

하는 일 없이 고요한 가운데 靜中無所事
난간에 몸 기대 먼 곳 바라보네 眺望憑闌干
들빛 가을 오자 서늘하고 野色兼秋冷
강물 소리 밤 되자 차갑네 江聲入夜寒
솔바람 베갯머리에 불어오고 松風來枕上
담쟁이덩굴 사이 달 처마 끝에 걸렸네 蘿月掛簷端
벗 더불어 밤 깊도록 이야기하며 與友深宵語
가슴 열고 실컷 즐거움 만끽하네 論懷須盡歡

—『영처시고 1』

달밤에 마음 내키는 대로 짓다

푸른 하늘 씻은 듯 은하수 흐르니 碧天如洗絳河流
담담루淡淡樓 올라 달구경 하네 玩月聊登淡淡樓
바람과 맑은 빛 어울려 단소 소리 처량하네 風伴淸光凄短笛

이슬에 흰 그림자 엉겨 빈 배 비치네 露兼皎影映虛舟
구름산 적막하니 동틀 무렵 차갑고 雲山寂歷當寒曉
물안개 아득하니 가을녘 순박하네 煙水蒼茫接素秋
가슴 헤치고 바라보니 시흥詩興 솟구치고 憑望披襟詩興逸
금빛 물결 솟아나 긴 물가 둘러쌌네 金波滾滾繞長洲

―『영처시고 1』

한가위 보름달

한가위 구름길 깨끗하니 中秋雲路淨
둥글둥글 휘영청 밝은 바퀴달 皎皎一輪圓
지극한 흥취 붓대에 실을 뿐 逸興只輸筆
탐내고 바라본들 돈 한 푼 들지 않네 耽看不用錢
발 뚫은 빛 문득 부수어지고 穿簾光瑣碎
창에 들어온 그림자 어여쁘고 곱네 入戶影姸娟
보고 또 보고 즐기고 다시 즐기니 遮莫須臾玩
한 해 지나야만 이 밤이네 今宵隔一年

―『영처시고 1』

내각의 달밤

벗 그리워하는 내각內閣(규장각)의 밤 內閣懷朋夜

고향 그리워하는 남관南館(사신관)의 새벽 南館憶鄕晨

오직 하늘 한복판 저 달 惟有中天月

내각 사람 남관 사람 함께 환히 비추네 同照兩地人

—『아정유고 4』

이덕무는 옛사람이나 다른 사람의 글을 답습하거나 흉내 내거나 모방한 글을 가장 혐오했다. 반면 자기 자신의 글을 쓰는 것을 가장 좋아했다. 자기 자신의 글을 쓴다는 것은 무슨 뜻일까? 자기 자신에게서 나온 감정·마음·뜻·기운·생각·느낌 등을 거짓으로 꾸미거나 인위적으로 다듬지 않고 있는 그대로 진솔하게 드러내는 것이다. 예를 들어보자. 달을 소재로 하거나 제목으로 하는 시는 헤아릴 수 없이 많다. 만약 달을 소재로 하거나 제목으로 하는 시를 짓는다면, 그것은 옛사람이나 다른 사람의 행위를 흉내 내거나 답습하거나 모방하는 행위이다. 하지만 만약 자기 자신에게서 나온 감정·마음·뜻·기운·생각·느낌 등을 진솔하게 드러내는 시를 짓는다면 이미 존재하는 수천 수만 편의 시와는 전혀 다른 시가 나오게 될 것이다. 왜? 옛사람이나 다른 사람이 이미 많이 지어놓은 소재와 제목의 시라고 할지라도, 지금 시를 짓는 사람이 마주하는 상황과 대상, 느끼는 감정과 생각, 풍경과 사물의 정취는 옛사람이나 다른 사람의 그것과 완전히 다르기 때문에 새롭고 신선한 시를 얼마든지 지을 수 있기 때문이다. 어제 본 달과 오늘 본 달은 다르다. 어제의 내 감정과 오늘의 내 감정은 다르기 때문이다. 어렸을 때 본 달과 장성해서 본 달은 다르다. 어렸을 때 나는 장성한 나와 다르고, 장성한 나는 어렸을 때의 내가 아니기 때문이다. 저녁에 본 달과 새벽에 본 달은 다르다. 저녁의 내 마음과 새벽의 내 마음은 같지 않기 때문이다. 봄에 본 달과 가을에 본 달은 다르다. 봄에 본 달의 느낌과 가을에 본 달의 느낌은 같을 수 없기 때문이다.

진짜 시, 살아 있는 시, 참된 시, 참신한 시, 독창적인 시는 다른 누구도 아닌 바로 자기 자신에게서 나온 감정·마음·뜻·기운·생각·느낌 등을 표현하고 묘사해야 나온다. 자기 자신에게서 나온 감정과 마음과 뜻과 기운과 생각과 느낌은 결코 둘 이상 존재할 수 없기 때문이다. 이덕무가 '달'을 소재로 한 시를 그토록 많이 지었지만, 거기에 담긴 감정·마음·뜻·기운·생각·느낌이 똑같은 시가 단 한 편도 존재하지 않는 이유가 바로 여기에 있다.

삶의 냄새

궂은비 속 술 취해 장난삼아 쓰다

대지는 깜깜 하늘은 구멍 열흘 넘게 앉아 地濃天漏坐逾旬
집 주위 그윽한 숲 빗발 내리쳐 다리 적시네 圍屋幽脩雨脚臻
호방한 기상 자부하고 천하의 선비로 여겼으나 負氣自疑天下士
답답한 이 몸 돌이켜보니 해동의 백성일 뿐 仄身還是海東民
시인의 마음, 가을 소리에 순수하고 詩腸大抵秋聲正
진리의 맛, 밤의 기운에 진솔하네 道味伊來夜氣眞
서로 만남 어렵지 않고 맺은 정분 좋으니 逢著無難交契好
이따금 책 속에서 마음 맞는 사람 만나네 書中往往會心人

—『아정유고 2』

사람에게는 살아오면서 켜켜이 배어 있는 삶의 냄새가 있다. 박지원이 지은 『예덕선생전穢德先生傳』에서 이덕무는 똥을 치우는 일을 하지만 덕德을 갖춘 엄행수를 가리켜서 더러운 곳에 있으면서도 깨끗한 냄새가 나는 사람이 있다고 했다. 또한 엄숙한 도학자인 척하면서 입만 열면 도덕이 어떻고 윤리가 어떻고 하지만 재물과 권력에 눈이 멀어 온갖 추잡한 짓을 저지르는 이를 가리켜서 깨끗한 곳에 있으면서도 더러운 냄새가 나는 사람이 있다고 했다. "더러운 가운데에도 더럽지 않는 것이 있고, 깨끗한 가운데에도 깨끗하지 않은 것이 있다." 그 사람에게 배어 있는 삶의 냄새란 그 사람이 어느 곳에 자리하고 어떤 지위에 있고 어떻게 말하느냐가 아니라 그 사람이 어떻게 살고 어떻게 행동하느냐에 따라 달라진다는 얘기다. 그렇다면 이 시에 배어 있는 삶의 냄새는 어떠한가? 마치 맑고 서늘한 가을밤의 기운처럼 상큼하면서 상쾌한 냄새가 느껴지지 않는가! 그것은 욕심 없고 순박하며 진솔하고 담백한 삶을 사는 사람에게서만 나오는 냄새다.

청계천 수표교 풍경

수표교에서 짓다

연짓빛 햇살에 담장 붉어지고 臙脂日脚女墻紅
청문青門(동대문) 나무 끝에 바람 불어오네 剪剪青門樹末風
성 밑 바로 바라보니 수문水門 비스듬히 비추고 直望城根橫水鑰
철창에는 또렷이 차디찬 허공이 내다보이네 鐵窓的歷漏寒空

모자에 바람 스며 술기운 깨는데 煖帽風穿酒力消
구불구불 하얀 그림자 바로 긴 다리구나 迤迤白影是長橋
홀연히 싸늘하게 물가 기운 일어나니 凄迷忽作汀洲勢
시든 버들에 안개 서리 가깝고도 먼 것 같네 衰柳煙霜近似遙

긴 행랑 등불 양쪽에서 비추는데 燈火脩廊射兩邊
어둠 속에 홍교 걷자니 날이 싸늘하구나 虹橋暝踏一泠然
원컨대 서자호의 연꽃 옮겨와서 願移西子湖中藕
아침은 붉은 노을 저녁은 푸른 안개 덮였으면 朝冪朱霞夕

綠煙

—『아정유고 2』

이덕무와 그 벗들의 시와 글을 읽다보면 마치 풍속화를 보는 것처럼 18세기 한양 도성 안 삶의 풍경을 상상해볼 수 있다. 특히 북촌, 인사동, 백탑, 종로, 청계천, 남산 일대는 그들이 어울려 살며 거닐고 노닐던 특별한 공간이었다. 만약 18세기 사람들에게 청계천 하면 어떤 이미지가 떠오르느냐고 묻는다면 십중팔구는 '술집'이라고 답변할 것이다. 박제가는 당시 청계천의 술집 풍경을 이렇게 묘사했다.

"오리 거위 한가로이 제멋대로 쪼아대고 / 물가 주막 술지게미 산더미처럼 쌓여 있네."

이덕무는 벗들과 어울려 청계천 주변 술집을 배회하다가 다리 난간에 기대어 시를 읊조리는 생활을 무척 사랑했다. 여기 '수표교에서 짓다'라는 시를 통해서도 이덕무와 그 벗들의 삶을 엿볼 수 있지만, 박지원이 남긴 '취답운종교기醉踏雲從橋記(술에 취해 운종교를 거닌 기록)'라는 글을 읽어보면 더욱 생생한 모습을 떠올릴 수 있다. 이덕무는 박지원을 비롯해 여러 벗들과 함께 술에 취해 운종가(종로)로 나가 종각 아래서 달빛을 밟으며 거닐다가 운종교(지금의 종각 남쪽 광교 사거리에 있던 광통교) 난간에 기대서서 옛일을 떠올리며 즐거워한다. 그리고 청계천을 따라 동대문 방향으로 가다가 수표교에 당도해 다리 위에 줄지어 앉아 달빛과 별빛을 감상한다. 이슬이 짙게 내려 옷과 갓이 다 젖는 것도 잊은 채 맹꽁이 소리와 매미 소리와 닭 울음소리를 들으며 사람 사는 세상의 다사다난함을 회고한다. 참으로 운치 있는 청계천의 밤 풍경이지 않은가! 인생에 이보다 더한 즐거움이 과연 몇 번이나 있을 수 있을까? 어찌 시흥이 오르지 않을 수 있으며, 어떻게 시를 짓지 않을 수 있겠는가?

추위를 피하려 눌러쓴 모자로 바람이 스며들어 술기운이 달아나니 불현듯 감흥이 일어난다. 물속 다리 그림자가 하얗게 드러나고 싸늘한 물가 기운에 수표교를 감싼 시든 버들과 안개 서리가 가까운 듯 먼 듯 다가온다. 수표교 양쪽 긴 행랑 불빛, 무지개 모양 다리 위 어둠, 싸늘한 밤공기, 붉은 노을과 푸른 안개가 대

비를 이루면서 이덕무의 시흥과 상상을 강렬하게 자극한다. 그 순간 이덕무가 포착한 시적 언어는 청계천의 밤 풍경과 절묘하게 어우러져 한 편의 걸작시를 토해낸다.

봄날 햇볕과 가을 서리

봄날 우연히 쓰다

한 해 봄날 햇볕 온갖 나무 꽃 피고 一年春光花萬樹
빈 산 흐르는 물 얼굴에 맑게 비치네 空山流水淨照面
향기로운 풀 오려낸 듯 나비는 꽃가루 남기고 芳草如剪蜨遺粉
고요한 선비 마음 밝아 얽매인 것 없네 靜士心朗無所罥
연기 자욱한 언덕 검은 암소 음매음매 煙坨烏牸牟然吼
천진스레 제멋대로 발굽질하네 自任其眞蹄自遣

—『아정유고 2』

붓을 달려 짓다

사람들은 가을을 슬퍼하지만 나는 가을이 좋네 人自悲秋我悅秋
나의 근성根性 엄숙하고 서늘해 가을과 같기 때문이네 性根嚴冷也相猶

아주 가까운 거리에 탑 겨우 보이고 百弓距道纔迎塔
매우 좁은 마당이지만 누각 짓기 마땅하네 十笏量庭恰置樓
이름 높은 선비 금전 속의 삶 부끄러워하고 名士元羞錢孔隱
통달한 사람 하나같이 술집 유람 즐거워하네 通人一閱酒場遊
글 읽는 선비 기운과 습성 닳아 없애려면 書生有氣聊磨耗
검푸른 강 튼튼한 돛단배 빠르게 몰지어다 快駕滄江健帆舟

―『아정유고 2』

이덕무를 좋아하는 독자들을 만나 얘기해보면, 이덕무에 대해 대부분 따사한 봄날 햇볕처럼 온화하고 따뜻한 사람이라는 이미지를 갖고 있다. 반은 맞고 반은 틀린 말이다. 실제 이덕무는 서늘한 가을 서리처럼 엄숙함과 엄정함을 지닌 사람이기도 했기 때문이다. 그는 자신의 근성이 엄숙하고 서늘해 가을과 같아서 다른 어떤 계절보다 가을을 좋아한다고 말하기를 주저하지 않았다.

그렇다면 이덕무는 봄날 햇볕 같은 이미지와 가을 서리 같은 이미지 중 어떤 것을 더 선호했을까? 사람은 봄날 햇볕처럼 따뜻하고 온화해야 넓은 도량을 갖출 수 있다. 또한 가을 서리처럼 엄숙하고 엄정해야 높은 절개를 지킬 수 있다. 사람이든 일이든 품을 때는 봄날 햇볕처럼 따뜻해야 하지만, 끊을 때는 가을 서리처럼 서늘해야 한다. 천하의 천한 일인 똥을 날라 먹고사는 엄행수의 덕을 높여 칭찬하고 벗의 정을 나눈 이덕무에게서 봄날 햇볕 같은 넓은 도량을 읽을 수 있다면, 재물과 권력과 명예와 출세를 멀리한 채 처사와 은사의 삶을 추구하는 이덕무에게서는 가을 서리 같은 높은 절개를 엿볼 수 있다. 이덕무가 생각한 인격의 궁극적인 경지는 넓은 도량과 높은 절개를 함께 지니는 것이다. 가을을 좋아해 가을 시를 많이 남긴 이덕무가 그 못지않게 봄을 읊은 봄 시를 많이 남긴 이유도 여기에서 찾을 수 있다.

거울과 동심

거울에 붙여

맑기는 가을 강 물결을 담은 듯한데 淨似秋江斂水痕
경갑 속에는 또 다른 세상이 감춰져 있구나 匣中藏得別乾坤
투명하고 청결하여라, 한갓 구경거리 아니니 涵虛淸潔非徒翫
내 마음도 거울 닮아 어두워지지 않았으면 但慕吾心不自昏

―『영처시고 1』

봄날 아이들 장난

김씨 동산 하얀 흙담 金氏東園白土墻
복숭아나무 살구나무 나란히 줄 이루었네 甲桃乙杏倂成行
버들피리 복어껍질북 柳皮觱栗河豚鼓
어깨 연이은 아이들 나비 잡기 바쁘네 聯臂小兒獵蝶忙

―『영처시고 2』

이덕무는 평생 동심의 삶과 글을 추구했다. '동심의 철학자' 이탁오는 이렇게 말한다.

"동심이란 어린아이의 마음이다. 동심이란 진실한 마음을 말한다. 어린아이는 사람이 태어나면서 갖게 되는 최초의 모습이며, 동심이란 사람이 처음 지니게 되는 마음의 최초 모습이다. 최초로 지니게 된 마음을 어찌 잃어버릴 수 있겠는가! 그렇다면 어찌하여 사람들은 갑자기 동심을 잃어버리고 마는 것일까. 모름지기 그 시작은 듣고 보는 것이 눈과 귀로 들어와 사람의 마음속에서 주인 자리를 차지하게 되면 동심을 잃어버리게 되는 것이다. 더욱이 자라면서 도리가 눈과 귀로 따라 들어와 사람의 마음을 주재하게 되면 역시 동심을 잃고 만다. 어른이 되어 도리와 견문이 나날이 더욱 많이 쌓이고 아는 것과 깨닫는 것이 나날이 더욱 넓어지게 되면 명성이 알려지고 명예가 높아지는 것을 좋아하게 되어, 마침내 명예와 명성을 드날리려고 힘을 쏟다가 동심을 잃어버리게 된다. 또한 나쁜 평판과 불명예가 추하다고 여겨서 그것을 애써 감추려고 애를 쓰다 동심을 잃고 마는 것이다. 만약 동심을 간직하지 못한다면, 이것은 진실한 마음이 없다는 것이나 다름없다. 대저 동심이란 거짓을 끊어버린 순수함과 진실함으로 사람이 갖게 되는 최초의 본심本心이다. 만약 동심을 잃어버리면 다시 진실한 마음을 잃게 되고, 진실한 마음을 잃어버리면 다시 진실한 인간성을 잃어버리게 된다. 사람이라도 진실하지 않다면 최초의 본심을 다시는 되찾을 수 없다."

사람이 본래 지니고 있는 최초의 마음인 동심을 잃지 않아야 진실한 마음을 간직할 수 있다. 도리와 견문에 가려서 동심을 잃게 되면 참된 감정을 거짓으로 다듬고 진실한 마음을 인위적으로 꾸미는 짓을 아무 거리낌 없이 저지른다. 동심을 잃은 사람이 지은 글은 거짓 글이자 가짜 글이요 죽은 글이다. 참된 감정과 진실한 마음이 없기 때문이다. 반면 동심을 간직한 사람이 지은 글은 참된 글이자 진짜 글이요 살아 있는 글이다. 참된 감정과 진실한 마음이 담겨 있기 때문이다. 이러한 까닭에 이탁오는 "천하의 명문名文은 모두 동심에서 나왔다!"고 선언하였다.

"천하의 지극한 문장은 동심에서 나오지 않는 것이 없다. 만약 사람이 항상 동심을 보존할 수만 있다면 도리가 행해지지 않고 견문이 행세하지 못하게 되므로, 아무 때나 글을 지어도 훌륭한 문장이 되고, 아무나 글을 지어도 훌륭한 문장이 되고, 어떤 양식과 문체와 격식과 문자를 창제創制한다고 해도 훌륭한 문장이 아닌 것이 없게 될 것이다."

이덕무에게 동심의 삶과 글이란 천진하고 순수하고 진실한 마음을 바탕 삼아 삶을 살고 글을 쓴다는 의미 그 이상도 그 이하도 아니다. 특히 이덕무는 동심을 자주 거울에 빗대어 표현했다. 맑고 깨끗한 거울의 순수함과 진실함이 동심과 꼭 닮았다고 여겼기 때문이다. 이덕무는 이러한 자신의 생각을 시는 물론 산문으로도 남겼다. 여기 이 시와 짝할 만한 산문이 『선귤당농소』에 남아 있다.

"어린아이가 거울을 보고 웃는 것은 뒤쪽까지 환히 트인 줄 알기 때문이다. 서둘러 거울 뒤쪽을 보지만 단지 까맣고 어두울 뿐이다. 그러나 어린아이는 그저 빙긋이 웃을 뿐 왜 까맣고 어두운지에 대해서는 묻지 않는다. 기묘하다. 거리낌이 없어서 막힘도 없구나! 본보기로 삼을 만하다."

아무런 거리낌이 없고 무엇에도 막히지 않아야 참된 감정과 진실한 마음을 드러낼 수 있다. 거리낌과 막힘이 있는데 어떻게 참된 감정과 진실한 마음이 드러날 수 있겠는가? 글을 쓸 때 경계해야 할 최대의 적은 '자기 검열'이다. 거리낌과 막힘이 자기 검열이 아니면 무엇이 자기 검열이겠는가?

그렇다면 어떻게 해야 동심을 잃지 않으면서 시를 짓고 글을 쓸 수 있을까? 쉽게 이해할 수 있는 글이 한 편 있다. 시인 안도현의 '동심론'이라는 글에 나오는 시인 백창우의 '니 맘대로 써'라는 제목의 동시童詩다.

"니가 쓰고 싶은 걸 / 니 맘대로 써 / 니 말로 말야 / 니만 좋으면 돼 / 시 쓰면서 눈치 볼래면 / 뭐하러 시를 써 / 세상에 시 쓰는 사람이 얼마나 많은데 / 니가 아무리 잘 써봐 / 그래도 다 맘에 들어 하진 않아 / 그냥 니 맘에 들면 돼 / 니 맘에도 안 든다고? / 그럼, 버려."

정민교

정민교鄭敏僑는 자가 계통季通이다. 완암浣巖 정내교鄭來僑의 아우이다. 『한천집寒泉集』에 실려 있는 그의 시들은 자못 청신淸新하고 기발하며 빼어나다. 그 시는 아래와 같다.

꽃 너머 실바람 은자隱者의 안석案席에 불어오고 花外微風來隱几
버드나무 근처 저녁 해, 책에 비춰 글을 읽네 柳邊斜日照看書

첩첩산중엔 사람만 홀로 머무르고 亂山人獨宿
넓고 큰 바다엔 달만 외로이 걸려 있네 滄海月孤懸

노란 국화꽃 그림자 밭두렁에 달 맞이할 때 黃花影畔時招月
흐르는 개울 소리 속에 앉아 글을 읽네 流水聲中坐讀書

높고 넓은 하늘, 기러기 달빛 가로질러 날고 天長雁橫月

차가운 밤 개울 소리만 산 울리네 寒夜水鳴山

여기저기 산, 대지에 가득하고 縱橫山滿地
쓸쓸히 내리는 비, 강을 울리네 蕭瑟雨鳴江

'양촌을 출발하며發楊村'라는 제목의 절구絶句는 다음과 같다.

단풍잎 깊이 물든 들녘 다듬이질 소리 들려오고 紅葉深中野杵聲
차가운 개울가 나지막한 울타리 비껴 있네 天寒水流短籬橫
사립문 앞 당도하자 이미 해질녘 柴門下馬斜陽裏
산국화 활짝 피어 절로 선명하네 山菊花開先自明

이러한 시는 모두 곱고 예뻐 사람들에게 전할 만하다.

-『청비록 2』

숙종과 영조 연간에 활동한 문인 정민교의 시에 대한 이덕무의 감상평이다. 시를 감상하는 법은 다양하다. 시적 언어를 중심으로 감상하는 법도 있고, 시적 해석을 중심으로 감상하는 방법도 있고, 시인의 생각을 중심으로 감상하는 방법도 있고, 시적 메시지를 중심으로 감상하는 방법도 있다. 하지만 나는 다른 어떤 방법보다 시의 풍격風格을 중심으로 감상하는 방법이 좋다. 풍격은 간단하게 말하자면 시의 분위기와 느낌이고, 좀더 어렵게 말하자면 시의 품격과 격조 정도 된다. 한시 감상에서는 이 풍격을 보통 시품詩品이라고 말한다. 이렇게 시를 감상하는 것이 좋은 까닭은, 하나는 머리 아프게 해석하지 않으면서 시를 읽을 수 있다는 점이고, 다른 하나는 시에 대한 나만의 느낌을 만끽할 수 있다는 점이다.

웅장하다, 탁 트였다, 맑다, 신선하다, 기이하다, 오묘하다, 우아하다, 쓸쓸하다, 적막하다, 차갑다, 따뜻하다, 그림 같다, 막힘이 없다, 세밀하다, 담백하다, 힘이 넘친다, 예스럽다, 고상하다, 예쁘다, 치밀하다, 자연스럽다, 뜻이 강하다, 인위적이다, 거칠다, 소박하다, 화려하다, 순수하다, 선명하다, 섬세하다, 독창적이다, 세련되다, 촌스럽다, 곱다, 울분이 가득하다 등의 감상법이 모두 여기에 해당한다. 이덕무 역시 이러한 시 감상법을 매우 즐겼다. 한시 비평집인 『청비록』에 다양한 흔적이 남아 있다. 예를 들면 청신淸新(맑고 신선하다), 생신生新(생생하고 새롭다), 기묘奇妙(기이하고 오묘하다), 정교精巧(정밀하고 교묘하다), 정아精雅(정확하고 우아하다), 생동生動(살아서 움직이는 듯하다) 등이 그렇다. 그 밖에 웅혼雄渾(웅장하고 탁 트여 막힘이 없다), 충담沖淡(따뜻하고 담박하다), 초탈超脫(세속을 초월하다), 경건勁健(굳세고 단단하다), 기려綺麗(곱고 아름답다), 호방豪放(호탕하고 호쾌하다), 소야疏野(거칠고 꾸밈이 없다), 비개悲慨(비통하고 개탄하다), 표일飄逸(자유롭고 거리낌이 없다), 광달曠達(광활하고 활달하다) 등의 시품 역시 풍격으로 시를 감상하는 방법이다.

꽃에 미친 바보, 김덕형

규장각 아전 김덕형의 부채 그림에 부쳐

새파란 한 줄기 연꽃 위 靑靑荷一柄
간들간들 물새 앉았네 裊裊魚鷹立
어여쁜 물고기 새끼 영리해 魚兒可憐黠
마름 밑 잽싸게 비늘 감추네 萍底隱鱗急

-『아정유고 4』

규장각 아전 김덕형의 매죽도梅竹圖와 풍국도楓菊圖의 화제畵題

마른 소리 그윽한 향 붓끝 가득 乾聲暗馥筆尖盈
개个 자 모양 나부끼고 여女 자 모양 비스듬하네 个字飜飜女字橫
윤기 나는 천 척尺 비단 어이 얻어 安得硏光千尺絹
부어교鮒魚橋가 사는 김생 찾아갈까 鮒魚橋畔訪金生
오구烏桕나무 소슬하여 그린 뜻 새롭고 烏桕蕭蕭寫意新

듬성듬성 국화 피어 정신이 상쾌한데 又添疎菊頓精神
현옹玄翁(심사정)은 죽고 표옹豹翁(강세황)은 늙어서 豹翁衰晚玄翁去
화파畵派의 인물 오직 이 사람뿐이네 畵派人間秖此人

-『아정유고 4』

'벽癖'과 '치癡'의 느닷없는 예찬과 애호, 18세기 조선에 출현한 새로운 문예사조 중 하나다. '벽癖'은 무엇인가를 지나치게 좋아해 미친 듯이 탐닉하는 것이다. '치癡'는 너무 미련하고 우둔해서 미친 듯한 짓을 하는 것이다. '병질 녁疒' 자를 부수로 한다는 점에서 알 수 있듯이 '벽'과 '치'는 정상적이지 않는 비정상적인 상태 즉 병적인 증상을 나타낸다. 일종의 병통으로 아프거나 미쳤다는 아주 부정적인 의미를 내포하고 있다는 얘기다. 그런데 18세기에 들어와서 일군의 지식인 그룹이 '벽'과 '치'에 관한 부정적인 의미를 일거에 해체하고 전복해버렸다.

'벽'과 '치'에 대한 예찬과 애호는 특히 이덕무와 그 벗들로부터 시작되어 크게 유행했다고 해도 과언이 아니다. 벽과 치에 관한 기록을 남긴 사람을 찾아보면 대부분 이덕무와 그 벗들이기 때문이다. 예를 들어 이덕무는 책에 미친 바보라는 뜻의 '간서치看書癡'가 별호였고, 정철조는 돌에 미친 바보라는 뜻의 '석치石癡'를 자호로 사용했다. 더욱이 박제가는 '벽'을 예찬하는 최고의 기록을 남겼다. '백화보서百花譜序'가 그 글이다. 그런데 이 글의 주인공은 흥미롭게도 바로 이 시에 등장하는 김덕형이다. 이 글은 꽃에 미친 바보였던 화가 김덕형의 '화벽花癖'에 대한 이야기다.

"벽이 없는 사람은 아무런 쓸모없는 사람이다. 대개 벽이라는 글자는 '병 질疾' 자와 '치우칠 벽辟' 자를 따라 만들어졌다. 병 가운데 무엇인가에 지나치게 치우친 것을 벽이라고 한다. 그러나 독창적으로 자신만의 세계를 터득하는 정신을 갖추고 전문적인 기예를 습득하는 일은 오직 벽이 있는 사람만이 가능하다. 김 군이 마침내 화원을 만들었다. 꽃을 바라보며 하루 종일 눈 한 번 꿈쩍하지 않는다. 꽃 아래에 자리를 깔고 누워 꼼짝도 하지 않는다. 손님이 와도 말 한 마디 나누지 않는다. 이런 모습을 본 사람들은 반드시 미친놈이거나 멍청한 놈이라고 생각해 손가락질하며 비웃고 조롱하며 욕하기를 멈추지 않았다. 그러나 김 군을 비웃고 조롱하는 사람들의 웃음소리가 미처 끝나기도 전에 그런 생각은 이미 사라지고 만다. 김 군의 마음은 세상 온갖 사물을 스승으로 삼고 있다. 김 군의 기예는 천고의 옛사람과 비교해도 탁월하다. 김 군이 그린 『백화보』는 꽃의 역사에 길이 남을 공훈으로 기록할 만하고, 김 군은 향기의 나라에서 배향하는 위인으로 삼기에 충분하다. 벽의 공적이 진실로 거짓이 아니다. 오호라! 저 두려워 벌벌 떨고 깔보고 업신여기는데다, 천하의 큰일을 그르치면서도 스스로 지나치게 치우친 병통이 없다고 뻐기는 자들이 김 군의 화첩을 본다면 깨우칠 수 있을 것이다."

김덕형은 꽃에 미쳐서 하루 종일 꽃만 바라보는 벽이 있었기 때문에, 꽃 그림에서만큼은 어느 누구도 따라올 수 없는 독보적인 경지에 이를 수 있었다는 얘기가 아니고 무엇인가? 이덕무가 책에 미친 바보였기 때문에 문인이자 학자로 최고의 수준에 올랐다면, 김덕형은 꽃에 미친 바보였기 때문에 꽃의 화가로 최고의 경지에 올랐다고 해도 틀리지 않다. 그런 점에서 무엇인가에 미치지 않는다면 전문적인 기량을 드러낼 수도 없고 새로운 세계를 개척할 수도 없다고 하겠다. '불광불급不狂不及', 미치지 않으면 미칠 수 없다는 뜻이다. 무엇인가에 미쳐본 사람은 다른 무엇인가에 미친 사람에게 쉽게 공감하고 교감한다. 책에 미친 바보였던 이덕무가 꽃에 미친 바보 김덕형을 가리켜 "당대의 화가로는 이 사람뿐이다"라는 최고의 예찬을 한 까닭 역시 여기에서 찾을 수 있다.

국경을 초월한 우정

이조원을 생각하며

매화령 밖 오양성 고을 梅花嶺外五羊天
가는 곳마다 아가씨 악부 전하네 到處珠娘樂府傳
진귀하고 소중한 성교星橋의 평론 매우 좋고 珍重星橋評隲好
시정詩情 맑고 고와 노을처럼 아름답네 詩情淸麗斷霞姸

-『아정유고 3』

반정균을 생각하며

한림원의 명망 높은 그대, 사마상여와 매승 같은 인물 翰苑名流郎馬枚
작고 변변치 못한 이 사람 함께 술 마시니 얼마나 행복한지 鯫生何幸共啣盃
이제부터 조선엔 문운文運이 열렸구나 從今海左開文運
예로부터 강남엔 특이한 인재 많이 나왔지 自古江南出異才
흰 구름 시 소리 가치 더해 돌아오고 白雲詩聲增價返

푸른 구름 의로운 기운 친구 맺어 찾아오네 靑雲氣義結交來
죽는 날까지 서로 잊지 말기 소원하니 願言沒齒無相忘
현안玄晏의 아름다운 글 지어준다 승낙하오 玄晏佳篇一諾裁

-『아정유고 3』

이정원을 생각하며

처음 만나도 옛 친구 같고 新知如舊要
잠시 만나도 좋은 인연이네 暫遇亦機緣
옥루산 가을 구름 아득한데 玉壘秋雲杳
청구(조선) 새벽 달 곱게 비추네 靑丘曉月姸
외로운 회포 만 리 밖 잇닿아 孤懷連萬里
한 번 이별 천 년 지난 듯 一別抵千年
진귀하고 소중한 『청장관기靑莊館記』 珍重靑莊記
대대로 간직하여 보배로 전하려네 留爲世寶傳

-『아정유고 3』

이기원을 생각하며

헌칠한 용모 이중자李仲子 軒然李仲子
웃고 떠드는 사이 참된 정 보이네 談笑見情眞
육기陸機와 육운陸雲 당세를 울리는데 二陸鳴當世
삼허(사천)에선 특이한 인물 나왔구나 參墟降異人
회풍 불어 높은 물결 일고 槐風搖酒浪
장맛비 내려 책 먼지 잠재우네 梅雨宿書塵
그때 일 물속 달 건진 것만 같아 卽事如撈月
하늘 동쪽 홀로 정신만 슬프구나 天東獨愴神

-『아정유고 3』

당낙우를 생각하며

평생의 진실 저버리지 않아 平生眞不負
해내海內의 이름 높은 선비들과 어울렸네 海內托名流
맑고 고상한 해학, 반갑게 맞아주고 雅謔開靑眼

마음으로 맺은 교제, 백발에 이르렀네 神交到白頭
계림(조선)의 책장수 돌아오니 鷄林書賈返
연시(중국)의 술꾼과 노니네 燕市酒人遊
훌륭한 자제 작은 시렁 아래에서 驥子荳棚下
아마도 문고文稿 정리하고 있겠지 知應玄草收

-『아정유고 3』

이덕무는 1778년(정조 2) 나이 37세 때 절친 박제가와 함께 평생의 숙원이던 중국(청나라) 여행을 떠났다. 백탑파 혹은 북학파 사람 가운데 세 번째 청나라 여행이었다. 첫 번째 여행은 홍대용이고, 두 번째 여행은 유금이다. 홍대용과 유금에 이은 이덕무와 박제가의 세 번째 여행은 앞선 두 사람의 중국 여행보다 훨씬 더 편안하고 유익했다. 홍대용과 유금은 아무런 도움 없이 직접 청나라 지식인들을 찾아 나서야 했지만, 이덕무와 박제가는 홍대용과 유금이 앞서 단단하게 맺어놓은 교제 관계를 바탕 삼아 많은 지식과 정보를 얻을 수 있었기 때문이다. 이조원, 반정균, 이정원, 이기원, 당낙우 등은 이덕무와 박제가가 중국 여행 때 직접 만나 교제하며 우정을 나누었던 청나라 지식인들이다. 이들 청나라 지식인과 백탑파 혹은 북학파 지식인들의 교제와 우정이 18세기 조선의 새로운 문예사조 또는 지식 혁신의 원동력이 되었다고 해도 과언이 아니다. 청나라의 최신 문예사조와 지식 및 정보는 물론 서양의 지식과 정보는 대개 이들과의 교제와 교류를 통해 직간접적으로 조선에 들어왔기 때문이다. 박지원의 명저 『열하일기』 역시 홍대용·유금·이덕무와 박제가의 중국 여행과 청나라 지식인과의 교제 및 우정의 토대 위에서 탄생했다. 박지원은 훗날 자신의 중국 여행을 이렇게 회고했다.

"비 내리는 지붕 아래, 눈 오는 처마 밑에서 연구하고 술기운이 거나하고 등 심지가 가물거릴 때까지 맞장구를 치면서 토론하던 내용을 한번 눈으로 확인할 목적으로 청나라에 갔다."

홍대용의 중국 여행 기록인 『을병연행록』과 『담헌연기』, 이덕무의 『입연기』와 박제가의 『북학의』를 함께 읽고 연구하고, 청나라 지식인과의 서신 왕래 및 교제를 통해 얻게 된 지식과 정보를 함께 읽고 토론했다는 말이 아니고 무엇이겠는가? 그런 점에서 이들 시는 이덕무, 박지원, 홍대용, 유금, 박제가의 중국 여행과 청나라 지식인과의 국경을 초월한 우정이 18세기 조선에 어떻게 영향을 미치고, 어떤 변화의 바람을 몰고 왔는가를 읽을 수 있는 하나의 산 증언이라고 하겠다.

시회詩會와 동인同人 –
서재 문화 혹은 정자 문화

늦은 봄날 밤 관헌에서 모여

오거니 가거니 잇닿은 걸음 황혼은 짙어가고 步屧翩聯夕氣深
긴 연기 솟은 탑 외로운 봉우리 같구나 長煙塔湧等孤岑
화창한 계절 사람은 해가 되고 暄和歲律人爲日
맑고 산뜻한 하늘 길 달은 사람 마음 닮았네 坦白天衢月似心
밀랍 촛불 눈부셔 잠 달아나고 膩燭暈眸辭穩睡
더운 술 빰에 올라 호방하게 시 읊네 煖醪騰頰證豪吟
살구꽃 필 적 새 겹옷 입고 杏花時節裁新袷
약속대로 이름 높은 정자 차례차례 찾아보세 留約名亭取次尋

–『아정유고 1』

소완정에서

맑고 푸른빛 먼 하늘 두루 퍼지고 澹翠遙空遍
매미 소리 문득 퉁소 소리 하나 되네 蟬吟倏叶簫
어른 수염 머리털 예스럽고 丈人須髮古

그윽한 정원 저녁 바람 서늘하네 幽院晩涼饒

-『아정유고 2』

몽답정에서 함께 지음

무자년(1768) 6월 그믐, 나는 윤병현, 유운, 박제가와 함께 몽답정夢踏亭에서 쉬면서 참외 13개를 깎아 먹었다. 박제가의 소매를 뒤져 흰 종이를 얻은 다음 부엌에서 그을음을 내고 다시 냇가에서 기왓장을 얻었다. 시가 이루어졌으나 돌아보니 붓이 없었다. 나는 솜대 줄기를 뽑아 왔다. 윤병현은 운목韻目을 모아놓은 서책의 못쓰게 된 종이로 노끈을 꼬았다. 유운은 돌배나무 가지를 깎았다. 박제가는 부들 순을 씹었다. 연꽃은 향기를 퍼뜨리고, 매미는 울어대고, 폭포는 물을 쏟아내는 가운데 시를 써내려갔다. 이때 동자가 옆에 있었는데, 갑광과 정대가 바로 그들이다.

오묘한 연꽃 향기 고요한 마음 밝혀주고 荷香妙證寂然心
금붕어 아가미 놀리며 누각 그늘 노니네 紅鯽搖顋閣瓦陰
무성한 소나무 숲 방울방울 물소리 古翠寒蕤林滴滴
한 줄기 하늘빛 개울 바닥 꿰뚫었네 天光一線透溪深

-『아정유고 1』

소설과 비교해 상대적으로 시는 시회詩會나 동인同人에서 엿볼 수 있는 것처럼 모임을 통한 창작 활동이 많다. 소설에 비해 시는 짧은 시간 안에 여러 사람이 어울려 지을 수 있기 때문이다. 이덕무와 그 벗들 역시 '백탑시사'라는 시회 혹은 시 동인을 맺어 시작詩作 활동을 했다. 이덕무는 1776년 나이 26세 때 관인방 대사동(지금의 종로구 인사동)으로 이사를 오면서 박지원, 홍대용, 박제가, 이서구, 서상수, 유득공, 유금 등과 본격적으로 교류하며 창작의 꽃을 활짝 피울 수 있었다. 그렇다면 이들은 주로 어디에서 모여 시를 지었을까? 백탑을 중심으로 동서남북에 자리하고 있던 서상수의 관재(관헌), 이서구의 소완정, 홍대용의 유춘오 또는 몽답정, 삼소헌, 청음루, 읍청정, 사인당, 군자정, 고원정과 같은 서재 혹은 정자가 바로 그곳이다.

17~18세기 유럽에 새로운 문예사조와 지식 혁명을 불러일으킨 진원지는 문학가와 지식인들이 모여 어울렸던 '살롱'이었다. 유럽의 '살롱'에 비견할 만한 조선의 문화 공간이 다름 아닌 '서재' 혹은 '정자'다. 유럽의 살롱이 '살롱 문화'를 만들었다면, 조선의 서재와 정자는 '서재 문화' 혹은 '정자 문화'를 만들었다. 서재와 정자에서의 모임을 통한 공동의 창작과 연구와 토론이 새로운 문예사조와 새로운 이념과 사상을 낳았기 때문이다.

일상의 묘사

첫겨울

개울가 하얀 판자문 길게 드리우고 長掩溪邊白板門
나귀 탄 나그네 단풍 아래 와서 앉네 騎驢客到坐楓根
산속 집 본래 찾아오는 이 드문데 山家自是人來罕
울타리 구멍 이따금 삽살개 짖어대네 籬竇時時尨吠喧

사방 산 고요한 밤, 낙엽 날리는 바람 소리 요란하고 四山虛夜落風湍
저 멀리 돌문 차가운 푸른 우물 상상하네 遙想石門碧井寒
달 뜬 삼경 바람 소리 더욱 요란하고 月出三更愈淅瀝
그 소리 푸른 전나무에 솟구쳐 구름소반까지 들어가네 韻高蒼檜入雲盤

십 리 푸른 물결 내 아우 집 十里滄浪吾弟家
맑은 강 한 그루 나무 자랑할 만하네 淸江獨樹爾能誇
저 멀리 하목정 앞에 서서 遙之霞鶩亭前立

한가로이 갈매기 수 헤아리니 흰모래 일어나네 閒數煙鷗起白沙

-『영처시고 2』

이덕무는 일상 속에서 글을 찾고, 일상 속에서 글을 썼다. 가장 빛나는 것들은 언제나 일상 속에 있다고 생각했기 때문이다. 하늘과 땅 사이를 가득 채우고 있는 모든 것이 다 글인데, 왜 구태여 멀고 어려운 곳에서 글을 찾는단 말인가? 자기 자신의 안과 밖을 둘러보라. 글은 언제나 쉽고 가까운 곳에 이미 존재하고 있다. 모든 것은 각자 나름의 가치와 의미를 갖고 있다. 이 때문에 세상에 존재하는 모든 것은 다 글이 될 자격이 있다. 단지 우리가 그 가치와 의미를 미처 깨닫지 못했거나 아직 발견하지 못했을 뿐이다. 그럼 깨닫고 발견하려면 어떻게 해야 하는가? 첫째 귀를 열고 들어라. 둘째 눈을 들고 보아라. 셋째 입을 열고 말하라. 넷째 마음을 열고 생각하라. 이덕무가 듣고 보고 말하고 생각한 것을 통해 일상 속에서 깨닫고 발견한 글을 모아 엮은 산문집이 바로 『이목구심서耳目口心書』다. 산문만 그렇겠는가? 시도 다르지 않다.

소설은 스토리,
시는 메시지

한가로이 거처하며 잡흥雜興을 읊다

외로움의 울분, 가을 기운으로 더해질까 두려운데 孤憤或恐秋觸
헛된 명예, 벗들의 조롱 어찌 원망하랴 浮名寧怨朋譏
모든 일 밝은 이치로 해결할 수 있으니 萬事可以理遣
일생을 옛것과 더불어 어긋나지 않게 살리라 一生無與古違

–『영처시고 2』

헛된 명예에 얽매이지 않고 옛것을 벗 삼아 자유롭게 살겠다는 메시지를 담고 있는 시다. 소설이 스토리를 중시한다면 시는 메시지를 중시한다. 인물, 사건, 줄거리 등 일정한 이야기의 구성을 갖춰야 소설이라고 할 수 있다. 하지만 시는 메시지만 있어도 된다. 그래서 시 가운데에는 한 줄만으로도 충분한 시가 있다. 일본을 대표하는 시 하이쿠가 그렇다. 하이쿠의 대가 마쓰오 바쇼의 시를 읽어보자.

"고요함이여. 바위에 스며드는 매미 울음소리"
비록 한 줄의 시지만 마쓰오 바쇼는 전하고자 한 메시지를 다 담고 있다. 시를 읽는 순간 독자는 '적막한 여름 산 풍경 속 맑은 마음'을 충분히 느낄 수 있기 때문이다. 시인 하상욱의 『시밤』 속 시 역시 이러한 맥락에서 읽을 수 있다.

"그리운 건
그대일까
그때일까"

열두 글자의 시 속에 누군가를 향한 절절한 그리움의 메시지를 다 담고 있지 않은가? 여기에 무슨 말이 더 필요하겠는가? 이덕무가 시의 영혼이라고 말한 성령性靈 곧 시인의 뜻, 기운, 감정, 느낌, 생각 등이 곧 시의 메시지다. 메시지가 없는 시는 영혼이 없는 시다. 영혼이 없는 시는 아무리 잘 지었다고 해도 죽은 시에 불과하다.

시흥詩興과 시정詩情

강촌에서 즉흥으로 읊다

아득하고 검푸른 한강가 漢漠滄江邊
한가로이 떠도는 구름 높은 봉우리 넘어가네 閒雲度高岑
그 사이 숨어 사는 고상한 선비 高人隱其間
나지막한 집 거문고 둥둥 희롱하고 衡門弄素琴
밭 일구는 농부 고기 낚는 어부 어울려 園丁與溪父
날마다 스스로 서로를 찾아다니네 日日自相尋
푸른 산기슭 약초 캐고 採藥靑山麓
푸른 산골 물가 낚싯대 드리우네 垂釣碧澗潯
산새도 자신의 뜻 있다는 듯 山鳥亦有意
짹짹대며 맑은 소리 보내주네 喧喧送好音
큰 소리로 노래 한 곡조 부르고 나자 浩歌一唱罷
그윽한 흥취 너무나 상쾌하네 幽興爽然深
화창한 바람 때맞춰 솔솔 불어오니 和風有時來
나무에 기대 가슴을 활짝 풀어헤치네 倚樹披蘿襟
밝은 해 초가집 드리우니 白日下茆屋

섬돌 꽃, 그늘질 듯 堦花欲生陰
청명한 모래사장 갈매기 오락가락 晴沙鷗來去
따뜻한 강 물결 오리 떴다 잠겼다 暖波鴨浮沉
온갖 풍경 사계절 맞춰주니 萬象供四時
감상은 오직 내 마음대로 攬賞惟吾任

-『영처시고 1』

칠석 이튿날 벗들과 삼청동 읍청정에서 놀며

살랑살랑 검양옻나무 瑟瑟鴉舅樹
연못 속 돌 쌓고 심었네 疊石池裏栽
가을 빛 거꾸로 비춰 맑고 倒寫秋暉淨
연못 빛 나무 위 올라오네 池光上樹來

헤엄치는 아이 오리와 내기하니 泅兒賽鳧兒
작은 물웅덩이 흙탕물 일어나네 斛水斗泥爛
잠자리 몸짓하며 날아다니고 蜻蜓弄頭翅

나타났다 사라졌다 머리 적시네 時掠出沒丱

돌의 정기 모인 이곳 石氣之所鍾
나무 수척하고 샘 향긋하네 樹癯而泉馨
가을 시인의 붓 억세 秋士筆倍勁
그 소리 지극히 깊고 맑구나 其音盡泓渟

곡식 창고 너머 눈길 보내니 送目倉屋頭
가을 구름 뭉게뭉게 피어오르네 秋雲朶皆亞
비늘구름 사이 하늘 보이니 罅靑鱗鱗裏
시 짓고 싶은 마음 문득 곱고 예쁘네 詩心忽裊娜

옷에 스민 풀 향기 풍기고 草香生衣履
나무 그림자 수염 지나가네 樹影度鬢鬚
아득한 백악산 찾아가기 어려워 白岳遙難即
붉은 단청 난간 멍하니 앉아 있는 나 紅欄坐著吾

늦여름 초가을 마주치니 夏尾秋頭接
말끔히 갠 날 며칠째 新晴才數日
서늘한 회화나무 숲 한 마리 매미 一蟬涼槐多
상쾌하게 일곱 시인 모였네 翛然作者七

-『아정유고 1』

어느 순간 혹은 어떤 때 시를 지어야 좋은 시를 얻을 수 있을까? 시흥詩興이 이는 대로 혹은 시정詩情이 일어나는 대로 지은 시가 가장 좋다. 무엇인가에 도취되어 마음에서 일어나는 시적 흥취興趣를 시흥이라고 한다. 무엇인가를 마주 대할 때 가슴에서 일어나는 시적 정취情趣를 시정이라고 한다. 그런 의미에서 시흥과 시정은 모두 시를 짓고 싶어 하는 마음이 일어나는 상태를 가리킨다. 그럼 언제 시흥과 시정이 일어날까? 이덕무는 『이목구심서』에서 이 순간을 이렇게 말한다.

"좋은 날 아름다운 경치를 만나면 시흥詩興으로 어깨가 산처럼 솟아오르고, 눈동자에는 물결이 일렁거리며, 두 뺨에는 향기가 풍기고, 입에는 꽃이 활짝 피어난다. 좋은 날 아름다운 경치 때 맑고 밝은 벗들을 맞이해 종이 두루마리를 벌려놓으면 시정詩情을 북돋아 도울 것이다."

시흥과 시정이 일어날 때 쓴 시가 좋은 까닭은 무엇인가? 이 순간만큼은 가식과 인위가 섞이지 않은 자연스럽고 진솔한 시가 나오기 때문이다. 자연스럽게 짓고, 진솔하게 짓는 것보다 더 좋은 시가 어디에 있겠는가?

희망과 절망

시원하게 비 내리는 저녁

세상 티끌 물든 일 선뜻 내던지니 事如塵染瞥肽拋
남의 비웃음만 아니라 나도 스스로 비웃네 不獨明譏卽自嘲
아우는 서법書法 본떠 섬세하게 글씨 익히고 弟倣法奇纖掃帖
아내는 골격骨格 읽고 넉넉하게 옷 마름질하네 妻知骨傲闊裁袍
노란 국화 윤달 맞아 생명 더하는 이때 黃花値閏還添壽
금주령 풀려 다시 술과 친해지네 紅酒除禁更托交
빗발치는 저녁 마당 오랜 시간 동안 雨打夕庭經小劫
무수히 일고 지는 물거품 오묘하게 바라보네 妙觀無數遞騰泡

-『아정유고 1』

6월 23일 취중에

금년도 이미 반이나 지났으니 今年已過半
한탄한들 무엇 하랴 歎歎欲何爲

옛적 풍속 보기 어려우니 古俗其難見
나의 인생 곧 알 만하구나 吾生廼可知

세상 물정 너그럽게 살피는데 物情饒伺察
심사心事는 시기 의심 출렁이네 心事浪猜疑
아내가 오히려 좋은 친구라 內子還佳友
술 사다가 맘대로 마시네 賖醪快灌之

-『아정유고 1』

여름날 병들어 누워

간혹 가난 때문에 병 얻으니 病或因貧得
내 몸 돌보는 일 너무도 소홀하네 謀身奈太踈
개미 섬돌에도 흰 쌀알 풍족하고 螘階豊素粒
달팽이 벽에도 은 글씨 빛나네 蝸壁耀銀書
약은 문하생 향해 구걸하고 藥向門生乞
죽은 아내 좇아 얻어먹네 粥從內子茹

병 얻어도 오히려 독서 열중하니 猶能耽卷帙
굳은 습관 일부러 고치기 어렵네 結習故難除

-『아정유고 2』

담담함과 초탈함의 풍격이 느껴지는 시다. 삶이란 희망과 절망의 롤러코스터다. 그래서 루쉰은 말한다. "절망이 허망한 것은 희망이 그러한 것과 같다." 만약 절망이 허망한 것처럼 희망도 허망한 것이라면, 희망이 실체가 없는 것처럼 절망도 실체가 없게 된다. 희망도 없고 절망도 없다는 뜻이다. 희망도 없고 절망도 없다면 어떻게 살아야 할까? 희망을 품지도 말고 절망할 필요도 없이 당당하고 의기양양하게 그냥 자신의 길을 가면 된다.

이덕무와 굴원

가을밤의 온갖 느낌

사방 벽 공허한 벌레 소리 절로 괴롭고 四壁蟲聲空自勞
아득한 강 기러기 구름 높이 날아가네 江鴻漠漠入雲高
서늘한 등잔불 굴원의 「이소」 읊다가 寒燈誦咽靈均賦
거대한 숫돌에 일본 칼 갈아보네 大石磨翻日本刀
이 세상 어찌 밭갈이 낚시질하다 늙겠는가 天地寧爲耕釣叟
영웅 본래 개 닭 무리 되는 것 원치 않네 英雄不願狗鷄曺
재주 뛰어난 남아 예부터 광채 숨기는 일 많고 奇男終古多韜彩
안개 속 표범 깊은 숲 털 아낄 줄 아네 霧豹深林知惜毛

—『영처시고 2』

달과 별이 환한 밤, 박제가의 추실秋室에서

짙게 드리운 어둠 속 개울가 누대 올라 暝色戎戎赴磵樓
비 멎자 달 비낀 가을 하늘 즐겁게 바라보네 雨歸欣覯月橫秋

깊고 맑은 물가 풍경 수염 눈썹 예스럽고 鬢眉忽古泓渟境
아득하고 그윽한 유람 탕건 의복 해맑구나 巾服仍淸莽渺遊
굴원을 이야기하니 속물은 아니고 譚到靈均非俗物
왕희지를 생각하니 저절로 명사名士의 무리네 想來逸少自名流
서늘한 바람 일어난 후 처음 그대 만났으니 涼生以後初逢汝
풍미는 모름지기 술 속에서 구해야지 風味須於酒裏求

—『한객건연집』

가을밤 붓을 잡고

남자는 예부터 가을 맞으면 슬퍼 男子逢秋自古悲
가을바람 달빛 함께 서재에 들어오네 商飆吹月入書帷
풀뿌리 이슬 떨어지고 벌레 소리 요란하니 草根露滴蟲聲動
어지러운 내 마음 깊은 밤 굴원의 『초사』 읽노라 亂我深宵讀楚辭

—『영처시고 2』

이덕무와 박제가가 가장 좋아한 옛 시인은 굴원이다. 굴원은 춘추전국시대 초나라의 정치가이자 시인이었다. 굴원은 높은 학문과 뛰어난 정치적 식견 그리고 탁월한 문학적 재능을 모두 갖춘 초나라의 인재였다. 그러나 그는 당시 최강대국인 진나라의 위협 앞에 풍전등화의 신세나 다름없는 초나라를 다시 일으켜 세우기 위해 부국강병책과 사회개혁안을 건의했다가 간신들의 참소와 중상모략으로 추방당하고 만다. 그 후 굴원은 자신의 충성심과 결백함을 끝내 보여줄 수 없게 되자 돌을 안은 채 멱라강에 몸을 던져 생을 마감했다. 굴원이 죽은 지 50여 년 후 초나라는 진나라에게 멸망당했다. 이러한 까닭에 굴원은 예부터 절의지사節義志士를 상징하는 인물로 알려져왔다. 굴원이 초나라를 걱정하는 우국충정憂國衷情과 간신배들에 대한 비분강개한 심정을 담아 읊은 시가 「이소離騷」다. 「이소」는 '초나라의 시'라고 해서 「초사楚辭」라고도 부른다. 박제가의 호 '초정楚亭'은 굴원의 「초사」에서 '초' 자를 따와 지은 것이다. 굴원의 우국충정과 비분강개함을 좇으려고 했기 때문이다. 굴원의 마음을 좇아 조선을 개혁하고 백성을 구제해 부국안민의 뜻을 이루려고 했던 것, 젊었을 때부터 이덕무와 박제가가 굴원과 그의 시 「이소」 혹은 「초사」를 사랑한 이유가 바로 여기에 있다.

이덕무와
도연명

졸음

북쪽 창 턱 괴고 누우니 窓北支頤臥
바람 시원해 꿈 속 도연명 보이네 風涼夢見陶
한낮 우는 닭 유독 담박함 깨우치고 午鷄偏覺澹
구름 솟은 회나무 최고 호걸로 보이네 雲檜最看豪
빗줄기 가볍게 얼굴 스치고 雨脚輕吹面
꽃향기 살그머니 옷 스며드네 花香細入袍
자그마한 집 풀싸움 놀이 시끄러워 小堂紛鬪草
잠결 아이들 소리 듣고 웃네 睡際笑兒曺

-『영처시고 2』

맑은 밤 도연명의 시 외우며

밝은 달 뜰 국화 비추고 明日照園菊
하얀 이슬 가을 옷깃 적시네 白露盈秋襟
속세를 떠나려고 하다가도 欲辭煙火食

나라 잊지 못하는 마음 있네 仍有唐虞心
서녘 바람 마음속 기운 소생시키고 商飆蘇肺氣
수풀 건너 거문고 소리 일으키네 度林生瑟琴
물새의 고요함 나의 적막함 같아 水禽如我寂
다가와 도연명 시 읊는 소리 듣네 來聽陶詩吟
도연명 시 마음속 씻을 만해 陶詩可滌腸
화평한 옛 소리 많건만 和平多古音
함께할 선비 하나 없어 衆士無與共
물새에게 시의 운율 물어보네 音調問水禽

–『영처시고 2』

벗들에게 보여주다

도연명 문집 즐겨 읽으니 善讀陶潛集
그 사람 이름 높은 선비로다 其人名士哉
겉모습 온화하고 마음속 슬기로워 外沖中蘊慧
첫째는 인품 둘째는 재주로다 先品次論才

한가로이 매화나무 감상하며 整暇當梅樹
다정하게 술잔 기울이네 溫存引酒杯
벗들 돌아가니 어찌 달래랴 君歸何以慰
마음속 친구 생각 금할 수가 없네 不禁念頭來

-『아정유고 1』

이덕무는 굴원 못지않게 도연명을 좋아했다. 세상사에 비분강개한 지사志士의 풍모 때문에 굴원을 좋아했다면, 도연명은 세상사에 초탈한 은사隱士의 풍모 때문에 좋아한 시인이다. 굴원과 더불어 도연명을 좋아했다는 점에서 엿볼 수 있듯이, 이덕무의 내면에는 굴원의 비분강개함과 도연명의 초탈함이 공존하고 있었다. 비분강개함과 초탈함은 언뜻 보면 서로 모순되는 것처럼 여겨진다. 전자가 세상사 안으로 들어가는 것이라면, 후자는 세상사 밖으로 나가는 것이기 때문이다. 그러나 조금만 달리 생각하면 참된 사람은 비분강개함과 초탈함을 함께 지니고 있어야 한다. 왜? 명예와 출세와 재물과 권력의 불의에 맞서 싸우

려면 비분강개함이 있어야 하고, 권력과 재물과 명예와 출세의 유혹에 굴종하지 않으려면 초탈함이 있어야 하기 때문이다.

중양절 마포에서 박제가와 함께

마당 흙은 말라 기와와 같고 場土乾如瓦
가로 길쭉한 말구유에 橫長馬槽腹
휙휙 깃 소리 내며 拍拍生羽音
머리 위로 볏단이 날아다니네 頭邊飛禾束
강 따라 나부끼는 말 등에 聯翩江馬背
두 섬의 연안 소금 실려 있네 二石延安鹽
강가 밭에 무 풍년 들어 渚田豊萊菔
올해 겨울 김장 참 값싸겠네 今冬菹眞廉
비에 헐린 담은 누구의 집인가 誰家雨壞垣
어린 단풍나무 반드르르 어여쁘네 穉楓姸膩膩
온통 푸른빛 속에서 눈이 번쩍 뜨인 것은 眼醒蔥蒨中
붉은 밀랍 종이와 비슷하기 때문이네 爲似紅蠟紙
국화는 옮겨 심어도 뿌리는 몰라 菊移根不覺
아침에 봉오리 낮 되면 꽃 피네 朝蕾午敷英
중양절에 마시는 술잔 연이으니 點綴重陽飮

노란빛 뱃속에 스며 향기가 나네 黃輝沁胃馨

-『아정유고 1』

음력 9월 9일 중양절의 생활 풍속과 풍경을 읊은 시다. 이덕무는 일상생활 속의 하찮고 보잘것없고 사소한 것들의 가치와 의미를 발견해 시로 묘사하는 탁월한 재주와 지혜를 갖춘 사람이었다. 우주 간에 존재하는 모든 것은 각자 나름의 존재가치와 존재의미가 있다고 생각했기 때문에, 이덕무는 모든 사물에 깊은 관심을 갖고 세심하게 관찰했다. 이 때문에 이전 시대 혹은 다른 사람에게는 아무런 가치도 의미도 없던 무수한 존재들이 이덕무에 의해 발견되고 글로 표현되면서 그 존재감을 드러내게 되었다.

아무리 자주 보고 지나다녀도 그 존재와 공간의 가치와 의미를 깨닫지 못하거나 혹은 발견하지 못한다면 '존재하지만 존재하지 않은 유령' 같은 것에 불과하게 된다. 그러다가 어느 순간 자신이 미처 깨닫지 못했거나 발견하지 못했던 존재와 공간이 지닌 가치와 의미를 우연치 않게 깨닫거나 새삼 발견하게 되면 이전까지 아무런 가치와 의미가 없던 것이 비로소 존재가치와 존재의미를 갖게 된다. 그렇듯 우리 생활 주변에는 보고도 보지 못하고, 듣고도 듣지 못하고, 말해도 알지 못하고, 생각해도 깨닫지 못하는 자신의 어리석음 때문에 그 존재가치와 존재의미조차 모르고 지나치는 것들이 얼마나 많은가? 그때마다 드는 생각. "아! 눈뜬장님이라는 말이 바로 이런 경우로구나. 내가 바로 눈뜬장님이었구나. 알아도 아는 것이 아니었구나. 알아도 알아도 '앎'이란 끝이 없는 것이구나!!" '앎'이란 단어 앞에서 겸손하고 겸허해질 수밖에 없는 이유가 바로 여기에 있다.

윤회매輪回梅

나는 독창적으로 밀랍을 녹여 매화를 만들었다. 꽃술은 털로 만들고 꽃받침은 종이로 만들어서 푸른 가지에 붙였더니 맑고 아름다워 사랑스러웠다. 다음과 같은 시를 지었다.

밀초 눈물 금곡원에서 제나라 왕경 원망하는 듯 蠟啼金谷怨齊奴
불꽃 살라 눈처럼 밝은 살결 다 태우네 爇盡輕明雪樣膚
찬찬히 보니 누대 아래 떨어진 꽃 같으니 試看如花樓下墜
녹주의 원통한 빚 범부에게 갚는구나 綠珠寃債報凡夫
벌집의 벌들 전생의 인연인 듯 蜂衙夙結轉輪緣
쌍쌍이 나타나니 자매처럼 어여쁘네 現了雙雙娣妹姸
만약 진짜 매화 보게 한다면 若使眞花開着眼
맑고 신선한 기운 너무 닮아 어여삐 여기네 澄鮮一氣肖孫憐

유득공은 다음과 같은 시를 지었다.

촛농 떨어져 쌓이니 봄밤 기나 길고 燭淚成堆芳夜長
뒤집힌 산호 얼어 만 가지 노랗네 倒珊瑚凍萬條黃
왕가 자제 재주 없고 재치 없어 王家子弟無才思
매화 만들지 않고 봉황 만드네 不鑄梅花鑄鳳凰
밀랍 매화 어여뻐 늦은 봄 깨끗하니 蠟花姸淨媚餘春
석영石英의 아름다움 이보다 못하리 英石輕盈恐未眞
한나라 무제, 임포의 치절痴絶 상상하니 漢武林逋痴絶想
매부인, 이부인에게 비교할 만하네 梅夫人比李夫人

박제가는 다음과 같은 시를 지었다.

꽃 만들고 밀 빚는 모습 보았는데 目擊生花釀蠟時
문득 매화 피어 가지에 올랐구나 旋看梅發倏騰枝
윤회의 변화 깨달았거늘 風輪幻化從渠覺
전생, 내생 믿지 않는다면 나는 누구인가 不信他生我是誰

벌이 꿀 채집 전 나도 그와 같았는데 蜂之未採我如斯
윤회의 중간 어찌 되었는지 알 수 없네 展轉中間了不知
동쪽 정원 꽃밭 속 채집 기억하니 記取東園香樹裏
모년 모월 모일 바람 불 때 만나세 某年月日遇風時

윤회매輪回梅는 벌이 꽃을 채집하여 꿀을 만들고, 꿀이 다시 밀랍이 되고, 밀랍이 다시 꿀이 되는 변화가 마치 불교의 윤회설輪回說과 같기 때문이다. 내가 일찍이 윤회매를 만드는 편리한 방법을 엮어 「윤회매십전輪回梅十箋」을 저술하였다. 「윤회매십전」을 보지 않는다면 위 시의 오묘한 이치를 알지 못할 것이다.

–『청비록 4』

유학과 성리학이 지식인의 내면을 지배하고 있던 조선에서는 유학과 성리학적 삶의 기준과 규범에서 벗어난 기호와 취향의 추구는 일탈 행위라고 여겼다. 당대 지식인들이 금과옥조로

여겼던 완물상지玩物喪志라는 말은 곧 좋아하거나 아끼는 사물에 마음을 빼앗겨 탐닉하는 것은 선비의 뜻을 잃어버리는 어리석고 몹쓸 짓이라는 뜻을 담고 있다. 매화라고 다르겠는가? 하지만 이덕무와 그 벗들은 자신의 기호와 취향을 드러내는 것을 주저하지 않았다. '매탕梅宕'이라고 부르며 스스럼없이 매화에 미쳤다고 자처했다. 오히려 1년 내내 즐길 수 있는 인조 매화인 윤회매를 만들어서 자신들의 기호와 취향을 전파하려고 했다. 더욱이 윤회매를 거리낌 없이 주변 사람들에게 돈을 받고 판매했다. 박지원의 『연암집』에 남아 있는 편지를 보면, 그가 어린 종과 함께 손수 윤회매를 만든 다음 아는 사람에게 돈을 주고 살 것을 권하는 내용이 나온다.

"나는 집이 가난하고 꾀가 모자라서 생계를 꾸리는 데 탄식만 할 뿐입니다. 손재주가 교묘한 어린 종을 따라 나 역시 때때로 '윤회매'를 만든답니다. '윤회매'라고 부르는 까닭은 꽃이 밀랍이 되었다가, 밀랍이 다시 꽃이 되는 이치가 불가의 윤회설과 같기 때문입니다. 비록 땅에 박혀 있지 않은 꽃이지만 자연의 정취를 만끽하기에 부족하지 않습니다. 그윽한 향기는 없지만 황혼의 달 아래 눈 덮인 산속의 고상한 선비의 모습을 상상할 수 있답니다. 나는 그대에게 매화 한 가지를 팔아서 그 값을 매기고 싶습니다. 만약 가지가 가지답지 못하거나, 꽃이 꽃답지 못하거나, 꽃술이 꽃술답지 못하거나, 책상 위에 놓아도 빛이 나지 않거나, 촛불 아래 그림자가 없거나, 거문고와 더불어 기이한 흥취가 나지 않거나, 시 속에 넣어도 운치가 없다면, 내 요청을 영원히 물리친다 한들 원망하는 말을 하지 않겠습니다."

특정한 사물에 마음을 빼앗겨 탐닉하는 것도 비난받을 일인데, 하물며 책을 읽다가 굶어죽을망정 재물에 초탈해야 할 선비가 직접 나서 인조 매화 장사를 하다니……. 이덕무와 그 벗들이 얼마나 당대의 도덕 기준과 윤리 규범에 얽매이지 않는 자유롭고 활달하고 호방한 삶을 추구했는가를 엿볼 수 있는 멋진 장면이다.

소완정의 주인,
이서구

봄날 소완정素玩亭에 모여

높은 누각에서 이름난 정원 내려다보며 名園高閣俯
풍광을 빠짐없이 살펴보네 領略盡煙光
새는 맨 처음 낳은 새끼가 크고 鳥大頭番子
윤달의 향기 숲에 가득하네 林饒閏月香
손님과 주인 시와 그림 품평하고 詩圖賓主品
꽃이 피고 지며 비가 오고 갬을 살펴보네 花曆雨晴量
이 밖에는 모두 번뇌일 뿐 是外渾煩惱
서로 어김없는 이야기 길고 길구나 無違晤話長

형과 동생 모두 밝고 밝아 昆季皆娟好
서로 찾는 마음 백 번도 싫지 않네 百回不厭尋
술로 들인 정성 가랑비 이루고 酒功成小雨
꽃에 깃든 정령 무성한 그늘로 돌아오네 花魄返繁陰
괴상스러운 구리 거죽 푸른빛의 돌이요 祕詭銅青石
아름다운 풍류 거무스름한 주황빛 새로다 媄韶褐色禽

그대의 말 한 마디 경청하니 聆君一轉語
아름답게 우는 가릉새 소리보다 좋구나 勝似迦陵音

-『아정유고 2』

소완정을 찾아서

휘파람 불며 낙엽 지는 언덕 오르니 舒嘯聊登落木皐
맑은 서리 누각 그림자 더 높아졌네 淸霜樓閣影初高
짙게 물든 석양빛 화단에 머무르고 夕陽生色留花埒
무정한 가을 물결 돌구유에 끊어졌네 秋水無情斷石槽
학 기르는 동산 식구 하나 더 늘었고 養鶴園中添一口
손님 초대한 자리 살찐 돼지고기 차렸네 招賓座上設三毛
한 해 저무는 때 근심 많다 한탄 말라 休嘆歲暮多愁緖
하늘 우리에게 한가로운 시간 넉넉히 주었네 天與優閒餉我曹

-『아정유고 3』

소완정素玩亭은 이서구가 스스로 붙인 자신의 서재 이름이다. 서상수의 관재와 더불어 이덕무와 그 벗들의 가장 중요한 모임 장소 중 하나였다. 특히 이서구는 한시 4가 중의 한 사람으로 '백탑시사'의 주요 멤버였다. 이 때문에 이덕무의 시 가운데에는 소완정에서 지은 시가 아주 많다. 소완정은 이덕무와 그 벗들의 독창적이고 혁신적인 시가 탄생한 18세기 조선의 핵심 문화 공간이었다고 할 수 있다.

'소素'라는 한자는 흰 바탕의 편지나 서책을 뜻한다. 1만 권에 육박하는 책을 지닌 장서가로도 이름을 떨친 이서구는 서재에 가득 쌓인 책들을 완상玩賞한다는 뜻에서 서재의 이름을 '소완정素玩亭'이라 붙였다고 한다. 그런데 이서구의 스승 박지원은 방 안 가득 책을 쌓아두고 그 가운데 파묻혀 사는 이서구를 꾸짖으며 이렇게 말했다.

"지금 자네의 책은 마룻대까지 가득 찬 것도 모자라 시렁까지 꽉 채우고 있네. 전후좌우를 둘러보아도 책이 아닌 곳이라고는 찾아볼 수가 없네. 자네는 물건을 찾아 헤매는 사람을 보지 못했는가? 앞을 보고 있자니 뒤를 보지 못하고, 왼쪽을 돌아보자니 오른쪽을 놓치게 된다네. 왜 그렇겠는가? 방 한가운데 앉아서 자신의 몸과 사물이 서로 가리고, 자신의 눈과 공간이 서로 너무 가까이 있기 때문이라네. 차라리 자신의 몸을 방 바깥으로 옮겨두고 들창에 구멍을 뚫고 엿보는 것이 더 낫네. 그렇게 한다면 한쪽 눈만 가지고서도 온 방의 물건들을 모두 살필 수 있네."

방 안 가득 책을 쌓아놓고 어떤 책을 찾으려고 하면 한쪽 방향의 시야에 갇혀 책을 찾을 수 없다. 오히려 방 안을 벗어나 방 바깥에서 방 안을 들여다보면 사방을 살펴볼 수 있기 때문에 어떤 책이 어디에 있는지 어렵지 않게 찾을 수 있다. 박지원의 가르침은 어떤 가치와 의미를 지니고 있을까? 여기에는 시선을 전환하고 관점을 옮겨야 비로소 볼 수 없는 것들을 볼 수 있게 될 것이라는 뜻이 담겨 있다. 방 안 곧 내부의 시선과 관점에 갇혀 있으면 편협해진다. 방 바깥 곧 외부의 시선과 관점을 통해 방 안 곧 내부를 보아야 내부를 더 폭넓게 볼 수 있게 된다. 여기에는 "내부에 머무르지 말고 외부로 시선을 옮겨라!"는 메시지가 새겨져 있다. 조선에 머무르지 말고 중국(청나라)으로 시선을 옮겨야 조선을 더 잘 볼 수 있다. 유학에 머무르지 말고 서학西學으로 시선을 옮겨야 유학을 더 잘 볼 수 있다. 성리학에 머무르지 말고 양명학으로 시선을 옮겨야 성리학을 더 잘 볼 수 있다. 조선에 머무르지 말고 일본으로 시선을 옮겨야 조선을 더 잘 볼 수 있다. 중화에 머무르지 말고 오랑캐로 시선을 옮겨야 중화를 더 잘 볼 수 있다. 인간의 시선에 머무르지 말고 자연 만물로 시선을 옮겨야 인간을 더 잘 볼 수 있다. 양반사대부에 머무르지 말고 노비로 시선을 옮겨야 양반사대부를 더 잘 볼 수 있다. 박지원의 '소완정기'에서는 중심과 주변의 이분법을 전복하는 데에서 더 나아가 내부와 외부의 이분법을 해체하는 새로운 시대의 철학을 읽을 수 있다. 소완정에 모여 앉은 이덕무와 그 벗들이 박지원의 '소완정기'를 화제 삼아 어떤 이야기를 나누었을지 상상할 수 있지 않은가? 이러한 철학 때문에 이덕무와 그 벗들은 중화를 넘어서 오랑캐로 시선을 옮길 수 있었고, 유학을 넘어서 서학으로 시선을 옮길 수 있었고, 조선을 넘어서 청나라와 일본으로 시선을 옮길 수 있었고, 성리학을 넘어서 양명학으로 시선을 옮길 수 있었고, 인간을 넘어서 자연 만물로 시선을 옮길 수 있었고, 양반사대부를 넘어서 노비로 시선을 옮길 수 있었다. 시선의 전환과 관점의 변환, 그 지점이 바로 18세기 조선의 문장 혁신과 지식 혁명의 진원지다.

인생의 세 가지 즐거움

마포에서

푸른 갈매기 따라 가고 또 가니 行逐靑鷗去去邊
가죽나무 뜰 배만큼 큰 달 樗庭好値月如船
가슴 앞 아득한 강 눈 쌓였고 襟前廣漠江圍雪
눈 아래 평평한 나무 연기 피어오르네 眼底平鋪樹出煙
옛 병풍 매화 그림 지나간 일 말하고 古屛梅査譚往事
가을 울타리 국화송이 어린 시절 떠오르네 秋籬菊瓣記童年
좋은 밤 무슨 복으로 선배 모시고 良宵何幸陪先輩
항아리 가득 술 데우고 고요히 마주 앉았네 煖酒盈壺對肅然

-『아정유고 1』

길 가는 도중 장난삼아 짓다

삼사 년 전엔 한낱 포의布衣의 선비 三四年前一布衣
찰방察訪 낮은 관직이나 빠른 승진이네 郵丞雖冷驟遷稀
준마와 푸른 일산, 행장 차렸으니 行行駿馬靑靑傘

가는 곳마다 그늘진 강가 옛적 낚시터로세 到處淮陰舊釣磯

-『아정유고 4』

복날 여러 벗들과 삼청동 어느 집 석벽 아래서 피서하며

창문倉門에서 잘 익은 붉은 복숭아 사와 津紅桃顆買倉門
슬슬 거닐며 먹다가 어느덧 산기슭 行啗逍遙抵岳根
아름드리나무 그늘 서늘해 잠잘 만하고 佳樹蔭衣涼可睡
그윽한 샘 말없이 고요히 둘러앉았네 幽泉圍座澹無言
두 그루 석류 햇빛 받아 서로 아름답게 비추고 雙榴日媚光相照
비둘기 무리 더위 피해 제각각 날아가네 群鴿炎逋各自飜
마을 노인 병서兵書 읽고 아이는 채소밭 물 주니 邨叟讀兵兒灌圃
삼청동 모든 일 좋은 풍속 남아 있구나 三淸事事好風存

-『아정유고 1』

정약용은 사람의 세 가지 즐거움에 대해 이렇게 말한 적이 있다. "어렸을 때 뛰놀던 곳에 어른이 되어 오는 것이 한 가지 즐거움이고, 가난하고 궁색할 때 지나던 곳을 출세해 오는 것이 한 가지 즐거움이고, 나 혼자 외롭게 찾았던 곳을 마음이 맞는 좋은 벗들과 어울려 오는 것이 한 가지 즐거움이다."

이덕무는 10대 시절을 대부분 마포에서 보냈다. 마포는 삼호三湖 혹은 마호麻湖라고도 불렀다. '마포에서'는 사람의 세 가지 즐거움 중 첫 번째 즐거움 곧 '어렸을 때 뛰놀던 곳을 어른이 되어서 찾았을 때 느끼는 즐거움'을 읊은 시다.

이덕무는 39세 때 규장각 검서관이 되면서 비로소 가난하고 궁색한 포의布衣의 신세에서 벗어날 수 있었다. '길 가는 도중 장난삼아 짓다'는 규장각 검서관이 되고 난 후 예전에 하는 일 없이 낚시하던 곳을 지나가다가 문득 떠오르는 상념을 묘사한 시로, 사람의 세 가지 즐거움 중 두 번째 즐거움 즉 '가난하고 궁색할 때 지나던 곳을 출세해 지나가는 즐거움'을 읊은 것이다.

서자 출신의 이덕무는 관인방寬仁坊 대사동大寺洞 본가에서 태어났지만 집안이 가난하고 궁색한 탓에 어렸을 때부터 외숙, 계부季父, 이모부 댁을 임시 거처 삼아 옮겨다니며 살아야 했다. 이 때문에 그는 벗다운 벗을 사귈 만한 여유를 가질 수 없었다. 그러다가 26세 되는 1776년 5월 27일 다시 자신이 태어난 관인방 대사동으로 이사했다. 관인방 대사동은 지금의 '인사동'으로 이덕무와 그 벗들의 주요 활동 무대였던 백탑과 북촌 바로 옆에 자리하고 있다. 관인방의 '인仁' 자와 대사동의 '사寺' 자를 취해 지은 이름이 '인사동仁寺洞'이다. 삼청동은 인사동의 지척 거리에 있다. 지금은 수려한 풍경이 많이 훼손되었지만, 이덕무가 살던 당대에는 한양 도성 안에서 손가락에 꼽히는 승경勝景이었다. 이덕무는 마음이 답답하거나 울적할 때면 시름을 달래기 위해 홀로 삼청동을 자주 찾았다. 그러나 '백탑시사'를 맺어 사람들과 활발하게 교류한 이후로는 여러 벗들과 어울려 삼청동을 찾아 시 창작을 했다. '복날 여러 벗들과 삼청동 어느 집 석벽 아래서 피서하며' 역시 이때 창작한 시로, 사람의 세 가지 즐거움 중 세 번째 즐거움 곧 '나 혼자 외롭게 찾았던 곳을 마음이 맞는 좋은 벗들과 어울려 오는 즐거움'을 읊은 것이다.

이덕무는 『선귤당농소』에서 "최상의 즐거움은 지극히 드문 일로 이런 기회는 일생 동안 다 합해도 몇 번에 불과하다"고 말한 적이 있다. 그런 의미에서 여기 이 시들은 이덕무가 평생 동안 몇 번 없는 최상의 즐거움과 마주한 순간 시흥과 시정을 도저히 참지 못해 읊은 시라고 할 수 있지 않을까? 그 까닭에 시의 지극한 경지 곧 자연스럽고 진솔한 시가 나올 수 있었던 것은 아닐까?

세검정 풍경

세검정

서상수가 부는 통소 소리를 들었다. 두 사람이 더불어 합주를 한다. 세 사람 모두 통소로 나라 안에서 이름난 이들이다. 해질녘 여섯 시인은 콸콸 흐르는 물소리를 들으면서 시를 읊었다.

쌍 통소 소리 가냘프게 새어 나오니 雙簫韻始纖
개울가 복사나무 뒤늦게 핀 꽃 간들간들 溪桃裊餘花
세 통소 소리 물 뚫고 메아리치니 三簫穿水響
그윽한 상념 견딜 수 없이 일어나네 幽想不勝遐
무수한 돌 들썩들썩 요동치려 하고 萬石欲動搖
우뚝 솟은 세검정 한층 더 높아졌네 危亭倍嵯峨

-『영처시고 2』

세검정은 시인 묵객들이 즐겨 찾던 곳이다. 자연 풍경도 아름다웠지만 세검정 앞개울의 물소리와 물줄기가 장관이었기 때문이다. 그럼 세검정 앞개울의 물소리와 물줄기가 연출하는 장관 중 최고의 장관은 무엇이었을까? 여기 이덕무와 정약용의 증언이 있다. 이덕무는 이 시에서 '해질녘 콸콸 흐르는 물소리'가 장관이라고 했고, 정약용은 산문 '유세검정기遊洗劍亭記'에서 '소나기 내릴 때 폭포처럼 사납게 굽이치는 물줄기'가 장관이라고 했다.

"세검정이 자랑하는 빼어난 경치란 소나기가 내릴 때 폭포처럼 사납게 굽이치는 물살을 보는 것이다. 그러나 사람들은 비가 막 내리기 시작하면 대개 수레를 적셔가며 교외로 나가려 하지 않고, 비가 갠 후에는 계곡의 물 역시 이미 그 기세가 꺾이고 만다. 이 때문에 세검정은 도성 근처에 있는데도, 성안 사대부 가운데 정자가 자랑하는 빼어난 경치를 만끽한 사람을 찾아보기 힘들다. 신해년(정조 15) 여름날, 나는 한혜보를 비롯한 여러 사람과 남부 명례방明禮坊(지금의 명동 일대)에 모였다. 술이 여러 잔 돌고 나자 후덥지근한 열기가 확 올라오면서 먹구름이 잔뜩 끼고 천둥소리가 은은하게 울렸다. 이 광경을 보고 나는 벌떡 일어나

'소나기가 내릴 징조네. 함께 세검정에 가보지 않겠나? 만약 가지 않겠다는 사람이 있으면 한꺼번에 벌주罰酒 열 병을 주겠네' 라고 말했다. 그러자 모두 '이를 말인가!' 하면서 자리를 박차고 일어났다. 마부를 재촉해 창의문을 나서자, 빗방울이 하나둘 떨어지는데 주먹만큼 컸다. 더욱 힘껏 말을 달려 세검정 아래에 당도하니, 수문水門 좌우의 계곡에서는 고래 한 쌍이 물을 뿜어내듯 이미 물줄기가 솟구쳐 오르고 있었다. 우리 일행의 옷소매 역시 빗방울에 얼룩졌다. 세검정에 올라 자리를 펴고 앉았는데, 난간 앞 수목은 이미 미친 듯 흔들리고 한기가 뼈 속을 파고들었다. 이때 비바람이 크게 일더니 산골짜기 물이 갑자기 쏟아져 내려 눈 깜짝할 사이에 계곡은 메워지고, 요란하게 물 부딪치는 소리가 났다. 모래가 흘러내리고 돌이 굴러 물속에 마구 쏟아져 내리면서, 사납게 굽이치는 물살이 세검정 주춧돌을 할퀴고 지나갔다. 그 물살의 기세가 웅장하고 소리가 맹렬해 정자의 서까래와 난간이 진동하자, 모두 오들오들 떨며 불안해했다. 내가 '어떠하냐?'고 묻자, 모두들 '이루 말할 수 없이 좋구나!'라고 대답했다."

이덕무의 시와 정약용의 산문은 세검정의 실경實景을 묘사한 진경시와 진경산문의 걸작이라고 하기에 손색이 없다. 이렇듯 이 시대에는 진경시와 진경산문이 쌍벽을 이루며 함께 성장하고 있었다. 어쨌든 나는 요즘도 가끔 해질녘이나 소나기 내리는 날 세검정을 찾아 이덕무의 시와 정약용의 산문을 읊곤 한다. 집에서 가까운 거리에 있기 때문이다. 그런데 그 순간만큼은 시간을 초월해 이덕무와 정약용과 한 공간에 함께 있는 듯한 기분을 느끼곤 한다. 왜 그럴까? 나의 정서가 이덕무의 흥취와 나의 감정이 정약용의 정취와 교감하기 때문이다. 비록 짧은 순간이지만 그때 나는 이덕무가 되고 혹은 정약용이 된다. 시간과 공간을 초월해 정서와 감정을 교감하는 능력이야말로 인간이 가진 특권이 아닌가? 그러한 특권은 아무리 누린다고 해도 그 어떤 사람에게도 또한 그 어떤 자연에게도 해가 될 것이 없다.

시를 짓지 않을 수 없는 이유

벌레가 간절하게 새벽녘까지 울다

원중거의 시에 다음과 같은 시구가 있다.

벌레가 새벽녘까지 간절하게 우네 鳴蟲懇到晨

'간절하게'라는 한 글자에 온 정신이 집중되어 있다. 원나라 오징의 시에 다음과 같은 시구가 있다.

매미가 가을도 모르고 간절하게 우네 蟬未知秋懇懇吟

원중거와 오징의 시구는 그 의미가 동일하다.

-『청비록 1』

정민 교수는 『한시미학산책』에서 "시는 시인이 짓는 것이 아니다. 천지만물이 시인으로 하여금 짓지 않을 수 없게끔 만드는 것이다"라고 말한다. 모든 사물은 자기 나름의 소리와 색깔과 감정과 경계를 갖추고 있으며, 시인은 단지 시적 언어로 그것들을 형상화할 뿐이라는 얘기다. 정민 교수는 다시 말한다. "이때 시인은 사물의 몸짓을 언어로 전달하는 매개자일 뿐이다."(정민, 『한시미학산책』, 휴머니스트, p22, 2010.) 하지만 비록 천지만물이 시를 짓지 않을 수 없게끔 몸짓을 한다고 해도 시적 감수성과 시적 사유가 없다면 어떻게 시를 지을 수 있겠는가? 그런 까닭에 시의 탄생은 사물의 몸짓+시적 감수성 혹은 시적 사유+시적 언어가 결합할 때 가능하다고 할 수 있다. 여기 이 시에서 벌레 소리와 매미 울음은 '사물의 몸짓'이다. 모든 감각과 정신이 벌레 소리와 매미 울음에 집중되어 있는 상태는 '시적 감수성 혹은 시적 사유'다. 그리고 '간절하게'는 시적 언어다. 밤낮도 잊은 채 울어대는 벌레와 계절도 잊은 채 울어대는 매미의 몸짓이 사람으로 하여금 도저히 시를 짓지 않을 수 없도록 한다. 벌레 소리와 매미 울음이 '간절하게'라는 시적 언어로 포착되는 바로 그 순간 마침내 시가 탄생한다. '간절하게'라는 단 한 마디 시적 언어 속에 벌레 소리와 매미 울음 그리고 시인의 시적 감수성이 모두 함축되어 있다. '시적 언어의 함축성', 그것은 좋은 시의 필요 충분조건 중 하나다.

지봉 이수광의 시를 읽다

지봉芝峯 이수광의 시는 대략 다음과 같다.

붉은 매화 그림자 밑 문서 고요하고 紅梅影下文書靜
푸른 귤나무 그늘가 안석 향기롭네 綠橘陰邊几席香

금귤 향기 속 산사슴 졸고 盧橘香邊山鹿睡
석류꽃 아래 바닷새 찾아오네 石榴花下海禽來

소반 위 옥玉 자 같은 생선 오르고 盤中玉尺登魚婢
자리 위 금金 구슬 같은 과일 뒹구네 席上金丸走木奴

칼자루 매만지니 저녁 바람 조선에 일고 撫劍夕風生左海
시 읊조리니 가을빛 중원에 가득하구나 賦詩秋色滿中原

만호萬戶의 생황 노래 봄 구름 뜨겁고 笙歌萬戶春雲熱

천문千門의 복숭아 자두꽃 밤비 향기롭네 桃李千門夜雨香

찬 서리 내리려고 하니 맑은 단풍 차갑고 雁霜欲下淸楓冷
가을비 막 개니 흰 갈대 듬성듬성하네 鷗雨初晴白葦疏

흐르는 샘 문에 가까워 가을 베개 울리고 風泉近戶鳴秋枕
눈 덮인 산봉우리 처마 마주해 밤 독서 밝혀주네 雪岫當簷映夜書

푸른 산 반쪽 밤비에 젖고 青山半面夜雨濕
붉은 살구꽃 온 마을 봄바람 세게 부네 紅杏一村春風多

시구가 모두 맑고 고와서 읊조릴 만하다.

-『청비록 2』

시를 짓는 이유가 그렇다면 시를 읽는 이유는 무엇일까? 시는 사람이 세상에 존재하는 모든 사물과 대화하고 공감하고 교감하는 방법 중의 하나다. 시를 읽으면 사물과 공감하는 시인의 '감수성'을 읽을 수 있다. 시를 읽으면 사물과 교감하는 시인의 '사유'를 읽을 수 있다. 시를 읽으면 사물과 대화하는 시인의 '상상력'을 읽을 수 있다. 공감과 교감과 상상력은 사람이 사람일 수밖에 없는 필요충분조건 중의 하나다. 공감과 교감과 상상력이 없는 사람을 사람이라고 할 수 있는가? 시는 공감과 교감과 상상력의 최고 경지다. 왜? 가장 적은 말과 가장 짧은 글로 자신과 사물 사이의 공감과 교감과 상상력을 극대화시켜 표현하기 때문이다. 나는 시를 읽는 이유를 바로 여기에서 찾는다. 첫째 시를 읽으면 모든 사물 혹은 다른 사람과 공감하고 교감하는 수치가 올라간다. 감성지수가 업그레이드되는 것이다. 시인의 쓸쓸함을 읽으면 내 마음도 쓸쓸해진다. 시인의 맑고 고운 기운을 읽으면 내 마음도 맑고 고와진다. 시인의 고독을 읽으면 내 마음도 외로워진다. 시인의 웅혼한 뜻을 읽으면 내 마음도 웅장하고 탁 트여 막힘이 없게 된다. 둘째 시를 읽으면 세상에 존재하거나 혹은 존재하지 않은 모든 사람과 사물에 대한 상상력의 수치가 올라간다. 상상지수가 업그레이드되는 것이다. 2천 년 전의 시인 굴원의 기운을 상상할 수 있고, 1천 년 전의 시인 두보의 고뇌를 상상할 수 있고, 4백 년 전의 시인 이수광의 품성을 상상할 수 있고, 2백 년 전의 시인 이덕무의 감성을 상상할 수 있다. 그런 점에서 시의 공감력과 교감력과 상상력은 모든 시간과 공간의 장벽을 초월한다고 해도 과언이 아니다. 더욱이 단 한 마디의 시적 언어와 지극히 짧은 시구 속에 자신의 공감과 교감과 상상력을 다 담고 있는 시를 읽고 있으면 최고 경지의 정신적 희열을 느끼게 된다. 이러한 까닭에 좋은 시를 읽고 있으면 감성과 사유 그리고 상상력의 진폭이 깊어지고 넓어진다. 사정이 이런데 어떻게 시를 읽지 않을 수 있겠는가?

기묘한 발상

붓을 달려

붉게 타오르는 등잔 아래 깊숙이 앉아 있으니 紫盪油燈坐著深
서로 괴롭히는 일 단 한 가지도 없구나 了無一事劇相侵
하늘 나는 기러기, 몸 편안한 계책이요 度天鴻客安身策
밤새워 우는 벌레, 입에 쓴 경계일세 守夜蟲朋苦口箴
우묵雨墨과 하전霞箋, 그림의 뜻 통하게 하고 雨墨霞箋通畫意
연서煙書와 남자嵐字, 시문의 마음 돕는구나 煙書嵐字助文心
행여 맑고 깨끗한 흉금의 선비 만나면 倘逢瀟灑靈襟士
팔뚝 잡고 영원히 숲속으로 들어가려네 把臂行當永入林

-『아정유고 2』

발상의 기묘함이 돋보이는 시다. 이 때문에 이조원은 이 시를 가리켜 "교묘무쌍巧妙無雙" 즉 "공교롭고 기묘하기가 견줄 만한 것이 없다"고 하였다. 왜 이렇게 말했을까? 곰곰이 감상해

보면 네 가지 이유가 있다는 것을 알 수 있다.

첫 번째 이유는 '하늘을 날고 있는 기러기를 안신安身의 계책'이라고 묘사한 데서 찾을 수 있다. 육신의 편안함으로 치자면 자유로움만 한 것이 없다. 하늘을 마음대로 나는 기러기보다 구애받지 않고 구속당하지 않으며 얽매이지 않고 거리낌이 없는 것이 어디에 있겠는가? 그런 의미에서 이 시구에는 재물욕과 권력욕과 명예욕에 구속당하는 것보다 더 몸을 해치는 일은 없다는 뜻이 내포되어 있다. 재물과 권력과 명예에 얽매이지 않고 자유롭게 사는 것에서 안신의 계책을 찾겠다는 이덕무의 의지가 담겨 있다. 이조원은 안신의 계책을 기러기에서 찾아 묘사한 이덕무의 발상을 가리켜 '기묘하다'고 평한 것이다.

두 번째 이유는 '밤을 새워 우는 벌레 소리를 입에 쓴 잠언'으로 묘사한 데서 찾을 수 있다. 잠언이란 경계로 삼는 말 혹은 충고를 뜻한다. 밤새워 우는 벌레소리는 처량하고 구슬프고 고독하다. 처량함과 구슬픔과 고독함은 인생의 맛 중에서도 가장 쓴맛이다. 인생의 가장 쓴맛을 경계로 삼고 충고로 삼는데 무엇이 힘들고 두렵겠는가? 이조원은 밤새워 우는 벌레 소리에서 인생의 가장 쓴맛을 떠올리며 삶의 경계와 충고로 묘사한 이덕무의 발상을 가리켜 '기묘하다'고 평한 것이다.

세 번째 이유는 좋은 먹을 '우묵雨墨', 종이를 '하전霞箋'으로 묘사한 다음 그림을 그리고 싶은 뜻을 드러내 묘사한 것이다. '우묵'은 비 맞은 먹이고, '하전'은 노을 짙은 종이다. 비 맞은 먹보다 더 선명한 먹은 없고, 노을 짙은 종이보다 아름다운 종이는 없다. 먹을 비에, 종이를 노을에 빗대 묘사한 발상보다 더 '공교롭고 기발한 발상'을 쉽게 찾을 수 있겠는가?

네 번째 이유는 아지랑이처럼 아름다운 글자와 글씨를 '연서람자煙書嵐字'로 묘사한 다음 시문을 짓고 싶은 마음을 드러내 묘사한 것이다. 아지랑이처럼 아롱아롱 피어오르는 감정과 생각을 붙잡아 글자와 글씨로 묘사한 것이 바로 시요 문장이다. 글자와 글씨를 아롱아롱 피어오르는 아지랑이에 비유하고 다시 그 글자와 글씨를 글을 짓고 싶은 마음에 빗대 묘사한 발상이야말로 진실로 '공교롭고 기묘한 발상'이 아닌가?

관물觀物 — 바라본다는 것

기장을 쫓는 참새와 여뀌에 서 있는 푸른 벌레를 보고서 장난삼아 쓰다

높은 갓 쓰고 우두커니 앉아 있는 이덕무 李子高冠坐基危
맑은 가을 약초밭 고요한 시절 淸秋藥圃肅然時
기장 매달린 참새 오르락내리락 쪼아대고 崎嶇黍雀懸仍啄
여뀌 기댄 풀벌레 애타게 울어대네 熬煎蓼虫咽以非
보잘것없는 참새 풀벌레도 조화 따를 줄 아는데 微物亦知歸造化
덧없는 인생 하는 일 없이 보낸다고 원망 말라 浮生莫怨費營爲
텅 빈 정자 한번 웃고 하늘빛 바라보니 虛亭一笑看天色
하도河圖 낙서洛書 좌우로 따르네 河洛圖書左右隨

-『영처시고 2』

'관물觀物'은 사물을 바라본다는 것이다. 왜 사물을 바라보는가? 모든 사물은 제각각 자기 나름의 이치와 가치를 갖고 있다. 사람은 관물을 통해 사물의 가치를 사물의 이치로 인식한다. 사물의 이치를 인식한다는 것은 곧 사물이 각기 지닌 가치를 알게 된다는 뜻이기도 하다. 관물의 이유는 사물의 이치를 인식해 사물의 가치를 제대로 아는 데 있다. 단순히 사물을 보지 말고 사물의 이치를 봐야 비로소 사물이 지니고 있는 가치를 알 수 있다는 말이다.

또한 관물이란 사물을 눈이 아닌 마음으로 보고, 마음이 아닌 이치로 보는 것이다. 마음으로 보는 것이 눈으로 보는 것보다 낫고, 이치로 보는 것이 마음으로 보는 것보다 낫다. 이치로 사물을 바라보면 환히 통하여 보지 못하는 것이 없게 된다. 그런 의미에서 관물에는 세 가지 등급이 있다고 할 수 있다. 하등下等은 눈으로 사물을 보는 것이고, 중등中等은 마음으로 사물을 보는 것이고, 상등上等은 이치로 사물을 보는 것이다. 눈으로 보면 한 가지 사물도 제대로 볼 수 없기 때문이다. 마음으로 보면 한 가지 사물 밖의 다른 사물은 볼 수 없기 때문이다. 이치로 사물을 보면 '일이관지一以貫之' 곧 한 가지 사물로 만 가지 사물을 환히 꿰뚫을 수 있기 때문이다.

향토시 –
이덕무와 신동엽

천안 농가에서 쓰다

묵은 찹쌀로 담근 술 맛있게 김 오르니 紅米爲醪暖欲霞
털모자 쓴 글방 선생 날마다 찾아오네 氈冠學究日相過
낫을 찬 꼴머슴은 갈대 베다 쉬고 있고 園丁斫荻腰鎌憩
냇가의 수건 두른 여인 빨래하며 노래하네 溪女挑綿首帕歌
서리 내린 들녘에는 벼 쪼아 먹는 기러기 쫓고 唼稻霜陂驅白鴈
볕 쬐는 언덕에는 고양이 숨겨 국화를 지키네 蔭猫陽塢護黃花
타향의 사투리는 객지의 시름을 잊게 하니 旅愁消遣它鄕話
깊고 깊은 흙담집에 누워서 듣네 臥聽深深土築窩

–『아정유고 1』

충청도 천안에 있는 농가를 찾아가 묵으면서 직접 경험한 농촌 풍경을 묘사한 시로 향토색이 짙게 배어 있다. 필자는 20대 대학 시절부터 김수영과 신동엽의 시를 좋아했다. 40대 이후 이덕무의 시를 좋아하게 되면서 '왜 그들의 시를 좋아하게 되었을까?' 자문해봤다. 세 사람 사이에 연관성이 있었기 때문이다. 이덕무와 김수영의 연관성을 '아방가르드 정신'에서 찾는다면, 이덕무와 신동엽의 연관성은 '향토성'에서 찾을 수 있다. 의식했든 의식하지 못했든, 그들 시의 바탕에 흐르고 있는 '아방가르드 정신'과 '향토성' 때문에 어느 순간부터 세 사람을 함께 좋아하게 된 것이다. 향토성은 특정한 나라 혹은 지방이 지니고 있는 고유한 특징 혹은 특유의 색깔을 말한다. 시에서 향토성은 특정한 나라 혹은 지방 사람이 느끼는 서정 혹은 정서의 묘사를 뜻한다. 이덕무는 자신은 조선 사람이기 때문에 '조선의 시'를 쓴다고 말했다. 신동엽은 자신은 한국 사람이기 때문에 '한국의 시'를 쓴다고 말했다. 이러한 까닭에 이덕무의 시에는 조선 사람의 서정 혹은 정서가 짙게 배어 있고, 신동엽의 시에는 한국 사람의 서정 혹은 정서가 짙게 배어 있다. 조선 사람은 조선 사람이기 때문에 중국이나 일본 사람과는 다른 특유의 정서를 가지고 있다. 한국 사람은 한국 사람이기 때문에 미국이나 독일 사람과는 다른 독특한 정서를 가지고 있다. 조선 사람보다 더 조선 사람의 정서를 잘 표현하고 묘사할 수 있는 사람은 없다. 또한 조선 사람이

제아무리 해도 중국과 일본 사람의 정서를 그들보다 더 잘 표현하고 묘사할 수는 없다. 그런 까닭에 조선 사람은 중국과 일본의 시를 쓰지 않고 조선의 시를 써야 한다. 조선 사람이 조선의 시를 쓰지 않는다면 누가 조선 사람의 서정 혹은 정서를 제대로 드러내어 묘사하고 표현한 시를 쓰겠는가? 마찬가지 이치로 한국 사람보다 더 한국 사람의 정서를 잘 표현하고 묘사할 수 있는 사람은 없다. 또한 한국 사람이 제아무리 해도 중국과 일본 사람의 정서를 그들보다 더 잘 표현하고 묘사할 수는 없다. 그런 까닭에 한국 사람은 미국과 일본의 시를 쓰지 않고 한국의 시를 써야 한다. 한국 사람이 한국의 시를 쓰지 않는다면 누가 한국 사람의 서정 혹은 정서를 제대로 드러내어 묘사하고 표현한 시를 쓰겠는가? 그렇게 해야 비로소 중국과 일본의 시와는 다른 조선의 시가 존재할 수 있고, 미국과 독일의 시와는 다른 한국의 시가 존재할 수 있다. '향토시'의 존재가치와 존재의미가 바로 그곳에 있다.

정약용 또한 말년의 한 가지 즐거움을 '조선 시'에서 찾았다. '늙은이의 한 가지 통쾌한 일'이라는 제목의 시에서 정약용은 이렇게 말하고 있다.

"늙은이의 한 가지 즐거움 / 붓 가는 대로 멋대로 쓰네 / 경병競病에 구속받을 필요 없고 / 퇴고推敲 또한 오래할 필요 없네 / 흥이 오르면 곧 이리저리 생각하고 / 생각이 이르면 곧 써 내려가네 / 나는 바로 조선 사람이라 / 조선 시 짓기를 좋아하네 / 누구나 자신의 작법作法을 쓰는데 / 오활迂闊하다 비난할 사람 누구인가?"

나이가 들어감에 따라 정약용은 마음 가는 대로 붓을 놀려도 시가 되는 경지에 이르게 되었다. 시를 짓는 데 어려운 운韻자를 사용하는 '경병競病'에 구속받지 않고, 시의 자구字句를 여러 번 고치는 퇴고推敲 역시 오래 고민하지 않는다. 그저 흥이 오르면 생각하고, 생각이 이르면 써 내려가는데 자신은 조선 사람이라 '조선 시'를 쓸 뿐이다. 이렇듯 자신만의 작법 즉 '조선 시'를 쓰는데, 누군가 사리에 어둡고 이치에 맞지 않는다고 비난한다. 그러나 정약용은 개의치 않는다. 오히려 '조선 시'는 정약용이 늙어서 누리는 한 가지 통쾌한 즐거움이다. 현달한 사람들은 구태여 말을 섞지 않아도 일맥상통하는 게 있는가보다.

득오得悟 —
깨닫는다는 것

깨달음이 있어서

홀로 뛰어난 기상 비추어 품은 뜻 맑으니 獨照英英秉志澄
쌀 소금 자질구레한 일 재능 없구나 米鹽零瑣管無能
한더위 갖옷 입은 늙은이 늘 생각하니 長懷盛暑披裘叟
긴 장마 밥 싼 친구 항상 외롭구나 久寂淫霖裹飯朋
중국 문장 잘 감상한 듯 中國文詞如善玩
옛사람 마음 거의 이어받으리 古人心事庶可承
이리저리 거닐며 품은 심정 기쁘게 하고자 逍遙便欲怡襟抱
오직 나라 안 명산 마음에 엉겼네 海內名山想只凝
발빛 밝게 나를 둘러싸고 簾光圍繞炯然吾
긴 낮 텅 빈 서재 아무 일 없네 晝永虛齋一事無
못난 돌 옷 입어 온통 좋아지니 醜石生衣通體好
맑은 구름 얽매이지 않고 마음대로 즐기네 澹雲無蔕任心娛
배움 앞서 초탈하면 주자의 정통 아니고 學先超脫非朱嫡
지나치게 시 모방하면 두보의 노예일 뿐이네 詩太依模卽杜奴
오랜 고요함 더위 피하는 방법인 줄 알겠고 久靜元知銷暑法

서늘한 기운 벽에 그린 연꽃에서 나오네 涼生壁半藕花圖

-『아정유고 2』

독서를 하든 혹은 글을 쓰든 혹은 시를 짓든 혹은 학문을 하든 얽매이거나 걸리는 것이 없어야 비로소 깨달아 얻는 것이 있게 된다. 독서할 때 얽매이게 되면 책의 노예가 될 뿐이요, 글을 쓸 때 얽매이게 되면 글의 노예가 될 뿐이요, 시를 지을 때 얽매이게 되면 시의 노예가 될 뿐이요, 학문을 할 때 얽매이게 되면 학문의 노예가 될 뿐이다. 무슨 말인가? 비록 성인聖人 공자의 책을 읽고 배우더라도 공자에게 얽매이게 되면 공자의 노예가 될 뿐이다. 비록 대문장가 사마천의 『사기』를 배우고 익히더라도 사마천에게 얽매이게 되면 사마천의 노예가 될 뿐이다. 비록 시성詩聖 두보의 시를 배우고 익히더라도 두보에게 얽매이게 되면 두보의 노예가 될 뿐이다. 비록 대학자 주자의 학문을 배우고 깨우친다고 해도 주자에게 얽매이게 되면 주자의 노예가 될 뿐이다. 그것은 공자의 책을 혹은 사마천의 글을 혹은 두보의 시를 혹은 주자의 학문을 흉내 내거나 모방하거나 답습하는 것에 불과하기 때문이다. 그럼 어떻게 해야 할까? 얽매이는 곳 없이 마음대로 떠다니는 맑은 구름처럼 자유롭고 활달해야 한다. 이래야만 공자의 책을 읽어도 공자에게서 벗어날 수 있고, 사마천의 글을 배워도 사마천에게서 벗어날 수 있고, 두보의 시를 익혀도 두보에게서 벗어날 수 있고, 주자의 학문을 배워도 주자에게서 벗어날 수 있다. 공자에게서 벗어나고, 사마천에게서 벗어나고, 두보에게서 벗어나고, 주자에게서 벗어나는 그 지점에 자신만의 깨달음이 있다. 득오得悟, 진실로 깨달아 얻는다는 것은 바로 그와 같아야 한다.

기이한 시인 이용휴

혜환 이용휴

이용휴의 호는 혜환거사蕙寰居士다. 그의 시는 형식과 내용 모두에서 품격을 갖추었을 뿐만 아니라 독특하게 한 경지를 이루어 견줄 사람이 없었다. 고서古書를 두루 섭렵하여 자구字句마다 근거가 있다. 숙은塾隱에게 보낸 시는 다음과 같다.

시골 들녘 풍경 날로 향기롭고 꽃다워져 村郊景物日芳菲
소나무 그늘에 한가로이 앉아 변화의 기미 희롱하네 閑坐松陰玩化機
금빛 잠자리와 은빛 나비가 金色蜻蜓銀色蝶
꽃 따라 정원 속에서 마음대로 날아다니네 茱花園裏盡心飛

그의 '산골 집을 방문해서'라는 제목의 시는 다음과 같다.

소나무 숲 다 지나자 길이 세 갈래 松林穿盡路三丫

언덕가에 말 세워두고 이씨 집을 찾네 立馬坡邊訪李家
농부가 호미 들어 동북쪽을 가리키니 田父擧鋤東北指
작소촌鵲巢村 안 석류꽃 나타나네 鵲巢村裏露榴花

'유감有感'이라는 시는 다음과 같다.

산골 백성은 바다 어보魚譜 만들고 峽民譜海魚
한漢 지방 사람은 오吳 지방 죽순 그리네 漢客畫吳笋
그것을 본토 사람에게 보여주면 持示本土人
허리 잡고 웃지 않을 사람 별로 없겠지 鮮不捧腹哂

'역사를 읊다'라는 시는 다음과 같다.

자못 예의와 법도를 닦을 줄 알고 頗知修儀度
또한 고금에도 통달했네 亦能通古今
허나 오직 바로 득실을 근심한 까닭에 惟是患得失
성명만 전할 뿐 마음은 전하지 못했네 傳姓不傳心

공광孔光을 가리키는 뜻이다.

글만 강의하는 것 참된 학문 아니고 徒講非眞學
군자는 수신修身을 귀하게 여기네 君子貴修身
신新나라 세운 왕망 찬양하기보다는 如其贊新莽
차라리 장사꾼 짐 싣는 것이 낫지 않으랴 曷若載賈人

양웅楊雄을 가리키는 뜻이다.

연강淵康(황해도 장연)의 부임지로 떠나는 정사군을 전송하면서 지은 시는 다음과 같다.

피와 살이 사람의 몸 이루니 血肉所成軀
누구인들 고통 두렵지 않겠는가 誰不畏痛苦
나는 병들면 침鍼조차 꺼리면서 我則病忌鍼
남을 때릴 때는 쉽게 그 숫자 더하는구나 杖人輒增數

이러한 시들을 읽어보면, 그가 단지 달과 이슬과 꽃과 새 등의 쓸모없는 글만 짓지 않았다는 사실을 알 수 있다.

-『청비록 4』

18세기 조선를 대표하는 문학사의 라이벌을 꼽으라고 하면 십중팔구 '연암 박지원'과 '다산 정약용'을 언급한다. 박지원과 정약용을 같은 시대의 인물로 보거나 심지어 두 사람을 18세기 조선의 문학사를 대표하는 '위대한 거장'이라고 평가한다. 그러나 이러한 평가는 반은 맞고 반은 틀렸다고 할 수 있다. 왜? 거시적인 방법이 아닌 미시적인 방법으로 조선의 문학사를 들여다보면, 18세기 중후반이 박지원의 전성시대였다면, 정약용의 전성시대는 18세기라기보다는 오히려 19세기 초반이라고 해야 한다. 더욱이 1737년생인 박지원보다는 한 세대, 또 1762년생인 정약용보다는 무려 두 세대나 앞선 1708년에 태어나 18세기 문단을 주름잡은 이용휴의 존재를 알게 되는 순간, 누구라도 박지원과 정약용을 18세기 문학사의 양대 라이벌로 보는 시각이 크게 문제가 있다는 사실을 깨닫는다. 오히려 18세기 새로운 문예사조를 추구했던 수많은 문사와 지식인들은 박지원과 정약용보다는 이용휴의 문학적 영향력 하에 있었다고 하는 것이 더 정확한 말이다. 이덕무 역시 예외가 아니다. 비록 혹평이지만 이용휴와 이덕무의 관계를 입증해주는 심노숭의 기록을 읽어보자.

"서류庶類 출신인 이덕무와 박제가는 당대에 명성이 높았다. 아버지께서는 이덕무와 박제가가 지은 시문을 보고 나서 탄식하며 이렇게 말씀하셨다. '영조 말년에 이와 같이 일종의 사악하고 음란한 이용휴, 이봉환과 같은 패거리가 있었다. 이덕무나 박제가 등의 무리는 이들 패거리를 본받아 마침내 이 지경에까지 이르렀으니, 그들의 작품에 담긴 작풍과 기질을 엿볼 수 있다. 이덕무와 박제가 등의 무리는 말할 것도 없고 사대부의 자제들까지 이용휴, 이봉환 패거리를 본보기로 삼고 있으니 세상을 다스리는 올바른 도리에 작은 근심거리가 아니다."

이덕무의 시풍을 가리켜 '기궤첨신하다'고 비평한 김택영 역시 18세기에 와서 시풍 혁신을 개척한 선구자로 이용휴를 꼽으면서, 이덕무 시의 기궤첨신함이 이용휴에게 직간접적으로 영향을 받았다는 사실을 증언하고 있다. 이덕무가 볼 때 이용휴는 이미 '독특하게 한 경지를 이루어 견줄 사람이 없을 정도로 독보적인 수준'에 도달한 시를 쓴 사람이었다. 어느 누구와도 견줄 수 없는 독특함과 기이함과 참신함이야말로 이덕무가 추구한 '새로운 시의 세계'였다.

한시의 미학

청음루 저녁 풍경

서늘한 청음루 앉아 있기 싫은데 靑飮樓涼譧坐嫌
이웃집 기왓골 어둠 깔리네 漸看隣瓦暝來黔
저녁 장식한 별 흐르는 듯 뿌린 듯하고 淋漓瀾漫星鋪夕
시들고 말라 축 처진 나무 더위 먹었네 憔悴支離樹歷炎
옷은 헐렁 볼은 홀쭉 예전처럼 수척하지만 衣綌頰稜依例瘦
거미줄 박 덩굴 가냘프고 가늘어 蛛絲匏蔓盡情纖
오죽烏竹 퉁소 둥글둥글 뚫어진 구멍 簫穿烏竹團團孔
가을 소리 연주하고파 한번 짚어보네 欲奏秋聲試一拈

–『아정유고 1』

한시의 미학을 한 마디로 요약한다면 어떻게 말할 수 있을까? '촌철살인의 미학'이다. 시적 대상 혹은 시적 존재를 마주하는 찰나의 순간 포착되는 감정과 떠오르는 생각을 한 마디의 시어 혹은 한 구절의 시구에 담는 것이야말로 한시의 아름다움 중

최상의 아름다움이다.

서서히 깔려오는 어둠, 뿌려놓은 듯 하늘을 수놓고 있는 별, 더위에 시달린 듯 축 늘어져 있는 나무, 실처럼 가늘게 뻗어 있는 거미줄과 박 덩굴이 처량하고 쓸쓸한 가을 정취를 예감케 한다. 처량하고 쓸쓸한 가을의 정취를 느낀 바로 그 순간 이덕무의 감각과 감성은 가을밤의 기운 한복판을 꿰뚫는 청량한 퉁소 소리를 떠올린다. 가을밤의 정취와 기운을 '퉁소 소리'로 포착하는 시적 흥취야말로 참으로 조선 사람답지 않은가! 조선 사람이라면 누구나 '퉁소 소리'에서 가을밤의 정취와 기운을 공감하고 교감할 수 있다. 조선 사람이라면 누구나 가을밤 퉁소 소리에 추억에 빠지고 회한에 젖고 영혼을 적신다. 가을밤 퉁소 소리에 배어 있는 고즈넉함, 처량함, 애달픔, 구슬픔, 애끓음의 정서를 공유하고 있기 때문이다. 그런 점에서 가을의 정취와 기운을 '퉁소'라는 한 마디 시어에 모두 담은 이덕무의 시적 감각과 감성이야말로 한시 미학의 궁극적 경지인 '촌철살인의 미학'이 아니고 무엇인가?

동선령에서

깊은 숲 어느 곳 꾀꼬리 앉아 있나 樹深何處坐黃鸝
모습 볼 수 없고 소리만 들려오네 不露其身只送聲
한낮 옷과 안장 온통 푸른 그림자 日午衣鞍都綠影
분 같은 앵두꽃 나를 향해 환하네 櫻花如粉向人明

-『아정유고 2』

빗속에 벗이 머물자

사람들 봄날 길다고 말하지만 人謂春何永
따뜻한 날 빨리 지나가 나는 싫네 吾嫌煦不遲
마음 쏟아 좋은 벗 머물게 해 費心留好客
마음 다해 좋은 시절 보내려 하네 極意過良時
꽃 그림자 대지 덮고 大地蒙花影
비 기운 먼 하늘 가득하네 遙空滿雨絲
괴상한 천성 몹시도 기이하여 怪來生甚異

술 취하면 문득 시 짓는구나 被酒輒能詩

-『아정유고 2』

시를 쓰듯 쓴 산문이 좋고, 산문을 쓰듯 쓴 시가 좋다. 시를 쓰듯 산문을 써야, 글 속에 호흡과 리듬과 여백과 여운이 있게 된다. 산문을 쓰듯 시를 써야, 시 속에 감정과 생각과 뜻과 기운을 다 담을 수 있게 된다. 17~18세기 조선과 중국에서 크게 유행한 소품문 중에서 최고의 미문美文을 꼽는다면 단연 장조의 작품인 『유몽영幽夢影』을 첫손가락에 꼽을 수 있다. 린위탕은 영어로 수필을 써서 중국 문화를 서양 세계에 알린 인물로, 루쉰과 함께 현대 중국 문학을 대표하는 수필가로 유명하다. 그는 자신을 대표하는 수필집 『생활의 발견』에서 일상적인 삶의 풍경 속으로 들어오는 자연 만물을 묘사하는 『유몽영』의 탁월한 표현 기법과 미학 의식에 대해 극찬한다.

"자연은 모든 소리이기도 하고, 모든 색깔이기도 하고, 모든 모양이기도 하고, 모든 감정이기도 하고, 모든 분위기이기도 하다. 지적이면서 동시에 감각적인 생활 예술가인 인간은 자연 속에서 적당한 감정을 선택해, 그것들을 자신의 삶 전체와 조화시킨다. 이것은 시는 물론이고 산문을 짓는 중국의 모든 문인들에게서 나타나는 태도이다. 그러나 나는 이들 가운데에서도 가장 탁월한 표현은 장조의 『유몽영』 속 에피그램epigram에서 발견할 수 있다고 생각한다. 『유몽영』은 수많은 문학적 에피그램을 모아 엮은 저서이다. 이처럼 문학적 에피그램을 모아 엮은 중국의 서책을 쌓아놓는다면 한 무더기가 될 만큼 많다. 그러나 장조가 직접 쓴 『유몽영』과 비교할 만한 서책은 결코 존재하지 않는다."

『유몽영』에서 장조는 자기 주변의 일상 풍경을 혹은 담담하게 혹은 격정적으로 혹은 미려美麗하게 혹은 읊조리듯 혹은 직관적으로 혹은 천진하게 혹은 호소하듯 혹은 분석적으로 혹은 고상하게 혹은 분위기 있게 담아내고 있다.

이덕무가 시에 담은 일상의 다종다양한 소리와 감정과 색깔과 모양과 분위기를 장조의 에피그램 역시 담고 있다. 특히 이덕무와 장조는 그림을 그리듯 글을 썼다는 점에서 매우 닮았다. 여기 이덕무의 시와 꼭 닮은 장조의 에피그램 한 편을 읽어보자.

"푸른 산이 있으면 바야흐로 푸른 물이 있다. 물은 오직 산에서 푸른 색깔을 빌렸을 뿐이다. 맛과 빛깔이 좋은 술이 있으면 곧 아름다운 시가 있다. 시 역시 술에서 아름다운 감정을 구걸한 것이다."

이덕무와 장조는 시간도 함께하지 않고 공간도 함께하지 않았다. 하지만 관물의 이치를 꿰뚫은 두 사람의 시와 산문은 시간과 공간을 함께하지 않아도 마치 한마음에서 나온 다른 글처럼 그곳에 담은 뜻과 기운이 닮았다. 현달한 사람들은 시간과 공간의 장벽을 뚫고 공감하고 교감하며 울림을 준다는 사실을 다시 한 번 확인한다.

큰처남 백동수

백동수에게 부치다

내가 남산 아래로 집을 옮기자, 백동수가 여러 형제와 함께 찾아오다가 골짜기가 깊어서 길을 잃어버리는 바람에 그냥 돌아갔다. 백동수는 내게 절구絶句 한 수를 지어 보내 서글픈 뜻을 보였다. 나는 그 즉시 다음과 같은 시를 지어 보냈다.

꽃 떠다니는 시냇물 느릿느릿 흘러 花泛溪流出澗遲
물가 사립문, 나의 집 알기 쉽네 吾家易識水邊扉
산신령 때 묻은 세상 나그네인가 의심해 山靈却訝塵間客
일부러 길 잃고 돌아가게 한 것이네 故使雲深失路歸

—『영처시고 1』

또 쓰다

석양 숲 가지에 가물가물 西日隱林抄

지친 나무꾼 절로 노래하며 가네 樵勞行自謠
초가집에서 묵은 병 끙끙 앓고 있는데 病痾吟白屋
친한 벗(백동수) 푸른 다리에 막혀버렸네 親友滯靑橋
등불에 의서 찾아 뒤적이며 燈火醫書閱
아우와 형 약즙 제조하네 弟兄藥汁調
더럽혀지지 않은 마음이여, 아! 한 해 저무니 道心驚歲晚
신령한 싹 어느 곳에서 자라고 있을까 何處長靈苗

-『영처시고 2』

이덕무는 16세 때 수원 백씨와 결혼했다. 백동수는 수원 백씨의 큰오빠로 이덕무의 큰처남이 되었다. 백동수는 1743년생으로 1741년생인 이덕무보다 두 살 어렸다. 두 사람은 처남 매부 관계를 떠나 진심으로 서로를 내면 깊이 이해했던 벗이었다. 재물과 권력에 굴종하지 않고 가난에 당당하며 욕심 없고 꾸밈없는 삶을 추구했다는 점에서도 두 사람은 무척 닮았다. 백동수는 젊은 시절 '야뇌당野餒堂'이라는 자호를 썼다. 이덕무는 '야뇌당'에 담긴 백동수의 뜻과 기운에 대해 이렇게 말했다.

"대개 사람들은 세상사에 초탈해 어느 무리에도 섞이지 않는 선비를 보면 반드시 조롱하고 비웃는다. 그러면서 '저 사람은 얼굴과 생김새가 고루하고 옷차림은 세속을 따르지 않으니 야인野人이다. 또한 입에서 나오는 말은 질박하고 행동거지는 세속을 따르지 않으니 뇌인餒人이다'라고 말하며, 마침내 그와 어울리지 않는다. 온 세상 사람들이 모두 그렇다. 큰처남 백동수는 고루하고 질박하며 성실한 사람이다. 성실한 성품 탓에 세상의 화려함을 사모하지 않고, 질박한 성격 탓에 세상의 속임수를 좇아가지 않는다. 굳세고 우뚝하게 홀로 서서 마치 세상 밖에서 노니는 사람과 같다. 세상 사람 모두가 비방하고 매도하더라도 큰처남 백동수는 조금도 '야인'인 것을 후회하거나 '뇌인'인 것을 부끄러워하지 않는다. 어느 누가 이것을 알겠는가? 오직 나만이 알 수 있다."

'야野'라는 한자는 들판 혹은 꾸밈없고 순박하다는 뜻을 가지고 있다. '뇌餒'라는 한자는 굶주림을 뜻한다. '야뇌'의 뜻만 보아도 알 수 있듯이, 백동수가 추구한 삶은 세상 사람들이 귀하게 여겨

목숨과 바꾸는 것조차 마다하지 않은 재물과 권력, 성공과 출세와 명예 따위와는 거리가 멀어도 한참 멀다. 그러한 백동수의 삶을 세상 사람들은 비웃고 조롱한다. 하지만 오히려 백동수는 그 비웃음과 조롱과 업신여김을 당당하게 받아들인다. "그래! 나는 야인이고 뇌인이다. 어쩔 테냐!" 하는 식이다. '야인'이란 곧 꾸밈없고 순박하며 가식이나 거짓이 없는 자연인이다. '뇌인'은 굶주림이나 가난을 부끄러워하지 않고 세속적인 기준이나 세상 사람들의 시선 따위는 아랑곳하지 않은 자유인이다. 야인과 뇌인 곧 '자연인'과 '자유인'이야말로 이덕무와 백동수가 추구한 참된 삶과 진짜 글의 기준이었다.

작은처남 백동좌

우연히 읊어 백동좌에게 보이다

개울가 집, 일 한가로워 넉넉하고 溪宅饒閒事
화로 향내 가느다란 연기 피어오르네 爐香放細煙
골짜기 꽃, 새벽 비 자욱하고 洞花迷曉雨
산 돌, 봄 샘물 방울방울 떨어지네 山石滴春泉
새소리 듣다 잠들기 일쑤 睡或從禽喚
오직 손님 대해 시 읊을 뿐이네 詩唯共客聯
다음 날 성城 놀이 약속하니 城遊明日約
또 한 번 마음 느긋하고 여유롭네 襟抱一悠然

—『영처시고 2』

맑은 밤 백동좌의 집에서

초당 뜰 이리저리 거니니 散步草堂庭
밤기운 차갑고도 맑구나 夜氣寒且淸
하늘 위 달 바라보니 仰看天上月

맑고 밝아 성城 나직이 내려오려 하네 皎皎欲低城
바람 높다란 나무숲 스치고 지나가니 風拂高樹林
이따금 숲 새 놀라 울어대네 林鳥有時鳴
가장 사랑스럽구나! 추운 겨울 피는 매화 最愛寒梅株
듬성듬성 꽃부리 드리웠네 蕭疏垂其英
그대와 함께 이 좋은 밤 만났으니 與君値良宵
어깨 겯고 마음속 정 풀어보세 把臂露心情

-『영처시고 2』

백동좌의 서재에서

남산 아래 내 집터 我屋南山趾
맑고 시원해 쉴 만하네 瀟灑聊可歇
그대 못 본 지 너무나 오래 不見良叔久
2월 처음 문밖 나왔네 二月門始出
그대 서재 맑고 깨끗한 흥취 많아 君齋多淸趣
뜰 나무 바람 햇빛 담백하구나 庭樹澹風日

다섯 줄 거문고 홀로 어루만지며 五絃手自撫
나 보고도 그칠 줄 모르네 見我猶不輟
거문고 속 뜻 얻었기에 只得琴中意
속세 생각 다 끊어버렸네 所以塵想絶

-『영처시고 2』

『영처시고』는 이덕무가 어릴 때부터 20대 초반 때까지 지은 시를 묶어 엮은 시집이다. 『영처시고』는 1권과 2권으로 구성되어 있는데, 특히 2권은 남산 아래 거처할 때 창작한 시가 대부분을 차지하고 있다. 수원 백씨와 결혼한 몇 년 후 남산 아래로 거처를 옮긴 이덕무는 산골 골짜기의 궁핍한 생활에도 불구하고, 그 어느 때보다 왕성한 창작 의욕과 문학적 자부심을 갖고 자신만의 시 세계를 만들어나갔다. 윤가기에게 보내는 시에서 이덕무는 당시 자신의 생활을 이렇게 표현했다.

"오막살이 삶이지만 내 나름대로 즐겁네 / 새벽부터 저녁까지 하루 종일 시만 읊조리니 / 가로로 백 질이요 세로로 한 보따리네."

시 속 주인공인 백동좌는 백동수의 동생으로 이덕무의 작은처남이다. 백동좌 역시 이덕무와 백동수처럼 범속凡俗한 삶에 초탈한 사람이었다. 이덕무의 시 속 세계에 백동수보다 백동좌가 더 자주 등장하는 것으로 보면, 오히려 형보다 더 욕심 없고 순박하며 꾸밈없는 삶을 살았던 인물 같다. 이덕무는 백동좌와 함께 연작聯作으로 시를 짓고, 성 놀이를 나가고, 매화의 아름다움을 즐기고, 거문고 소리에 취하고, 밤새워 손잡고 심정을 털어놓는다. 지기知己와 지음知音이 아니라면 어떻게 이렇게 할 수 있겠는가? 하물며 이덕무와 같은 고매한 인격과 고고한 자의식과 남다른 문재文才를 두루 갖춘 사람이 아무에게나 이렇게 하겠는가? 이덕무에게 백동좌는 개인적인 관계 이전에 이미 참된 인격자요 진실한 벗이었던 셈이다. 교우交友란 마땅히 이래야 하지 않을까?

벗들에게 주다

찾아오는 사람 모두 이름 높은 선비 來往盡名流
기이한 향내 온 방 가득하네 奇香藹一室
겨울 가고 봄 바뀌는 사이 冬春迭代謝
귀밑머리 듬성듬성 털 빠진 붓처럼 되었네 綠鬢禿如筆
원하건대 곧은 마음 길이 지켜서 願言貞素履
한평생 득실得失 함께 나누세 百年齊得失
기쁘고 즐겁게 술잔 마주하고 熙怡對罍爵
시원하고 여유롭게 책 펼쳐보세 蕭閒展籤帙
이른 새벽, 늦은 저녁 斯晨又斯夕
높고 낮게 소리 내어 글도 읽어보세 伊吾事佔畢
영험한 마음은 고요한 수양에서 靈襟緣習靜
마음 가득 쌓이면 오묘한 이치 얻는다네 妙契在藏密
힘써보세! 어려운 시절 우리 사귐 勗哉歲寒交
각자 진실한 마음 한결같이 품어보세 各自抱眞一

–『아정유고 3』

이덕무가 1778년, 나이 38세 때 지은 시다. 규장각 검서관이 되어 관직에 나가기 직전으로, 이덕무가 추구한 기궤첨신한 시의 세계가 최고 정점에 달했을 시기다. 청나라 시인 원매는 창작의 즐거움은 '자득自得'에 있다고 말했다. 자득이란 오직 자신의 힘으로 깨달아 터득한 것을 말한다.

"다른 사람이 이미 터득한 것만을 터득하는 데 만족하고 자신이 터득할 것을 독자적으로 터득하지 못한다면, 붓을 쥐고 시를 지을 때에도 결코 유쾌하지 않을 것이다."

시에서 자득이란 스스로 깨닫거나 터득한 자신만의 글 곧 독창적이고 개성적인 시를 쓴다는 것이다. 원매는 이렇게 하기 위해서는 두 가지 조건이 필요하다고 말한다. 첫째는 "붓을 쥐고 시를 지을 때는 옛사람이나 다른 사람이 아주 잠깐 동안이라도 있어서는 안 된다"는 것이다. 둘째는 "붓을 쥐고 시를 지을 때는 자아의 존재가 없어서는 안 된다"는 것이다. 옛사람과 다른 사람이 있게 되면 모방하거나 답습하게 되고, 자아의 존재가 있어야 정신과 기운이 비로소 참모습이 드러나기 때문이다. 그럼 어떻게 해야 스스로 깨달아 터득하게 될까? 명나라 때 문인 원굉도는 이렇게 말한다.

"자득이란 배우고 익힌다고 해서 얻을 수 있는 것도 아니고, 인위적으로 노력한다고 해서 이룰 수 있는 것도 아니다. 오직 오래도록 가슴속에 맺혀 있던 것이 마치 홀연히 풀리듯, 마치 술에 취해 있다가 갑자기 깨어나듯, 마치 가득 찬 물이 별안간 터지듯 깨닫거나 터득할 수 있을 뿐이다. 마음속에 오래도록 묵혀 있던 실마리가 시기時機와 경지境地와 우연히 만나 느닷없이 시를 이루게 된다. 이렇게 나와야 독창적이고 개성적인 시다."

자득이란 자연스러워야 하고 또한 자연스럽게 이루어질 수 있을 뿐이라는 얘기다. 이와 비슷한 이치에서 원매는 말년에 스스로 깨달아 터득한 시 쓰기의 이치를 이렇게 말했다.

"애써 억지로 시를 지으려고 하지 말라. 그렇게 하면 자칫 언어의 감옥에 구속당하기 쉽다. 차라리 감정이 분출하고 영감이 떠오를 때까지 시를 쓰지 말라. 자득한 것이 나를 찾아올 때까지 묵히고 기다리고 또 묵히고 기다려라. 그렇게 하면 비록 한 달에 겨우 한두 편의 시밖에 얻지 못한다고 하더라도 마침내 가장 진실하고 자연스러운 시를 자유롭게 지을 수 있게 될 것이다."

창작의 궁극적인 경지는 자득에 있지만, 그것은 절대로 "분주하게 서두르고 성급하게 내달린다고 해서 이루어지지 않는다"는 얘기다. 이덕무의 자득 곧 기궤첨신한 시가 탄생한 비밀이 여기에 있다.

한바탕 울 만한 곳

사봉沙峰에 올라 서해를 바라보며

세찬 바람 맞고 서니 몸 가누기 어려워 迴立罡風不自由
용 비린내 이무기 빛 어지러이 흩날리네 龍腥蜃彩盪難收
때는 무자년 초겨울 時維戊子冬之孟
찾아간 곳, 조선 땅 가장자리 行次朝鮮地盡頭
끝없는 바다처럼 마음속 품은 뜻 가득하고 意內盈盈無限海
손가락 거쳐 온 마을 하나하나 가리키네 指端歷歷所經州
어슴푸레 장산곶 한번 쭉 바라보니 蒼然一攬長山串
칠십 리 솔밭 가없이 떠다니려는 듯 七十里松漭欲浮

-『아정유고 1』

'호곡장好哭場'은 박지원의 『열하일기』 속 최고의 명문장 중 하나로 꼽힌다. 박지원은 하늘과 땅 사이에 탁 트여 끝없이 펼쳐진 경계 곧 요동 벌판을 보고 "한바탕 울 만한 곳이로구나!"라고 일갈했다. 그러면서 조선에도 요동 벌판처럼 한바탕 울 만한 곳이 두 군데 있다고 했다. 그 하나는 금강산 최고봉 비로봉 꼭대기에서 동해 바다를 굽어보는 것이고, 다른 하나는 황해도 장연의 금사金沙에서 서해 바다를 바라보는 것이다. 그런데 참 묘하게도 두 군데 다 지금은 가고 싶어도 갈 수 없는 곳이다. 북한에 자리하고 있기 때문이다. 그래서인지 박지원의 『열하일기』를 읽을 때나 혹은 독자들과 얘기할 때면 항상 "금사의 모습이 어떻게 생겼기에 하필 박지원이 한바탕 울 만한 곳이라고 했을까?"하는 호기심과 궁금증이 일곤 했다.

이덕무의 시는 박지원이 말한 바로 그 금사 사봉에 올라 서해 바다를 바라보면서 읊은 것이다. 그런데 흥미롭게도 이덕무의 글 『서해여언西海旅言』을 보면, 마치 이 시의 탄생 배경을 해설해놓은 것 같은 대목이 등장한다. 이덕무는 시를 쓰듯 산문을 쓰고, 산문을 쓰듯 시를 썼다. 이덕무에게 시와 산문은 동일한 뿌리에서 나온 다른 가지일 뿐이기 때문이다.

"조생과 박생 두 소년이 나를 따라와 바닷가 사봉沙峰을 유람했다. 사봉은 바다 속 모래가 바람에 밀려와 모래 산이 되었는데 지극히 섬세하고 깨끗하다. 높이는 80척尺 정도 된다. 깎아 세운 듯 솟아 있는데 오르려고 해도 붙잡고 오를 만한 것이 아무것도 없었다. 얼핏 보면 성 같기도 하고 흙 언덕 같기도 하고 섬돌 같기도 하고 이랑 같기도 하다. 혹은 움푹하다가 혹은 내리뻗었다. 마치 허공에 매여 있는 듯하고 둥둥 떠 있는 듯하다. 바람에 날리고 햇빛에 반짝반짝 빛나며, 옷자락을 때리고 신발에 가볍게 끌리며, 물결에 쓸리고 풀잎에 긁힐 때면 번득번득 소록소록 어떻게 형용할 수가 없다. 시험 삼아 다섯 손가락으로 모래산 아래를 긁어보았다. 무너진 모래산 아래를 메우기 위해 위에서 모래가 흘러내렸다. 손가락 놀림에 따라 느리지도 않고 빠르지도 않은 속도로 움직였다. 먼 위쪽 동그란 둔덕의 모래까지 흘러내리는데 그 기세가 마치 향연이 피어올라 허공에 떠 있을 때 가느다랗게 흔들리는 모양 같다가 혹은 준마駿馬가 머리를 내두를 때 갈기털이 간들거리는 모양 같았다. 빗방울이 얇은 종이에 떨어지는 듯 부드럽게 젖어드는 듯하고 또한 만 마리 누에가 야금야금 먹어 뽕잎이 없어지는 듯하다. 조생과 박생이 기를 쓰고 모래산에 올랐다. 나도 그 뒤를 따라 올랐다. 그런데 발걸음을 옮길 때마다 그대로 모래에 빠져서 마치 발목이 빨려들어가는 것 같았다. 사봉의 모래가 마구 흘러내려 발자국을 이내 지워버렸다.

마침내 사봉의 정상에 올라 서쪽으로 대해大海를 바라보았다. 아득한 수평선에 그 끝이 보이지 않았다. 타룡鼉龍이 뿜은 파도가 자욱하게 하늘과 맞닿았다. 한 마당 가운데 울타리를 치면 그 경계에서 서로를 바라보며 이웃이라고 부른다. 지금 나와 조생·박생 두 소년은 이쪽 모래 언덕에 서 있고, 중국의 등주登州·내주萊州 사람들은 저편 언덕에 서 있다. 이웃 사람처럼 서로 바라보고 이야기를 나눌 만하다. 그러나 이쪽과 저편을 가로지르고 있는 바다가 넓고 깊어 볼 수도 없고, 들을 수도 없고, 이웃 사람의 얼굴을 서로 알 수도 없다. 귀로 들을 수 없고, 눈으로 볼 수 없고, 발걸음이 닿을 수도 없는 곳이지만 오직 마음만은 달려갈 수 있다. 마음은 아무리 먼 곳이라고 해도 가지 못하는 곳이 없기 때문이다. 이쪽에서 이미 저편이 있다는 것을 알고, 또한 저편에서도 이쪽이 있다는 것을 알고 있다. 바다는 하나의 울타리에 불과할 뿐이니, 서로 보고 듣는다고 해도 안 될 것이 없다. 하지만 만약 회오리바람을 타고 구만리 상공에 올라 이쪽과 저편을 한눈에 볼 수 있다면 모두 한집안 사람들인데 울타리가 가로 막고 있는 이웃 사람이라고 생각할 까닭은 또 무엇인가!

높은 모래산에 올라 먼 바다를 바라보니, 내가 더욱 작고 보잘것없이 느껴져 아득히 시름에 잠겼다가, 문득 스스로 슬퍼할 겨를도 없이 저편 섬사람들이 가여워졌다. 가령 탄환 같은 작은 땅에 해마다 기근이 들고 파도가 하늘 높이 치솟아 흉년 때 나라에서 빌려주는 곡식조차 전달받지 못하게 되면 어떻게 될 것인가? 또한 바다 도적이 일어나서 순풍에 돛을 달고 쳐들어오면 도망칠 곳도 없어서 모두 도륙을 당하게 될 것이니 어떻게 할 것인가? 용과 고래와 악어와 이무기 등이 뭍에다 알을 낳고 억센 이빨과 독한 꼬리로 사람을 마치 감자를 삼키듯 먹어치운다면 어떻게 할 것인가? 또한 바다 신이 분노해 파도를 일으켜 마을을 남김없이 집어삼켜 아무 흔적도 남기지 않는다면 어떻게 할 것인가? 바닷물이 멀리 밀려가 하루아침에 물이 말라버려 외로운 뿌리 높은 언덕만 앙상하게 그 바닥을 드러낸다면 어떻게 할 것인가? 또한 파도가 섬 밑동을 갉아먹어버려 흙과 돌이 지탱하지 못하고 바다 물결을 따라 무너져버린다면 어떻게 할 것인가? 이런저런 걱정에 빠져 있던 바로 그때, 객客이 '섬사람은 끄떡없는데 오히려 그대가 먼저 위험하네. 바람이 불어닥치니 장차 모래산이 무너질 것 같네'라고 말하였다. 그제야 정신을 차리고 모래산을 내려왔다. 평평한 땅에 발이 닿자 슬슬 거닐며 돌아왔다."

황해도 장연의 금사를 가리켜 "왜 박지원이 한바탕 울 만한 곳이라고 했을까?" 하는 호기심과 궁금증을 풀기에 충분한 글이지 않은가? 아득한 수평선과 하늘과 맞닿아 있는 파도밖에 보이지 않는 풍경이야말로 요동 벌판의 '하늘과 땅 사이에 탁 트여 끝없이 펼쳐진 경계'에 비견할 수 있는 '하늘과 바다 사이에 탁 트여 끝없이 펼쳐진 경계'가 아니고 무엇인가? 이덕무의 시와 박지원의 『열하일기』와 다시 이덕무의 『서해여언』의 우연한 마주침이 빚어낸 뜻밖의 결과다. 아무 의미가 없던 하나의 장면이 다른 장면과 만나고 다시 또 다른 장면과 우연히 겹치면서 뜻밖의 의미를 만들어내는 것, 문학에서는 그것을 '우연성의 미학'이라고 말한다. 시적 대상 혹은 시적 존재를 마주하는 찰나의 순간 포착되는 감정과 떠오르는 생각을 한 마디의 시어 혹은 한 구절의 시구에 담는 것이 '촌철살인의 미학'이라면, 하나의 시적 대상과 풍경이 다른 혹은 여러 시적 대상과 풍경과 우연하게 겹치면서 뜻밖의 시적 착상과 사유를 불러일으키는 것은 '우연성의 미학'이다.

그림 같은 시, 시 같은 그림

필운대

구름 개인 서쪽 성곽에 봄옷 차려입고 거니니 晴雲西郭試春衣
눈에 아른대는 아지랑이 백 길이나 날아오르네 眼纈遊絲百丈飛
연일 해 저물도록 늦어지는 것 사양 말라 連日莫辭成晼晩
꽃 피어 이 놀이 얼마나 행복한가 是遊何幸及芳菲
물고기 비늘 같은 만 채의 가옥 꽃향기 피어오르고 魚鱗萬屋蒸花氣
연꽃처럼 솟아 있는 세 봉우리 햇무리를 품었네 蓮朶三峰抱日暉
경복궁의 땅 밝아 백조가 날아오르니 景福地明翔白鳥
내 마음 너희와 더불어 노닐며 모든 걸 잊었네 吾心遙與爾忘機

-『영처시고 2』

육각봉의 꽃놀이

사직골 동쪽 유달리 눈에 들어오는 곳에 社東殊眼境

햇빛 하얗게 초가집에 드리우네 日白蔭茅家
정중하구나 일찍이 노닐던 바위 鄭重曾遊石
이리저리 멀리서 꽃을 바라보네 周便遠看花
저녁 샘물은 유난히 깨끗하며 맑고 夕泉偏潔淨
한낮 나무는 제멋대로 기울었네 暄樹任攲斜
육각봉이란 이름 볼품없으니 六角峯名陋
아름다운 이름 붙이고 싶네 欲將美號加

하늘 개고 나니 옷들도 참으로 곱고 天晴衣正麗
놀이꾼 떼 지어 집집마다 나오네 遊隊出家家
때맞추어 단비 흠뻑 오더니 纔洽知時雨
제때 만난 꽃 두루 활짝 피었네 遍濃得地花
사직골 숲에는 푸른 아지랑이 엉기고 社林靑靄集
감투바위에는 자줏빛 석양 비스듬하네 官石紫暉斜
잔디는 깨끗하여 자리 깔 필요 없고 莎淨何煩席
누대 동쪽엔 기와 그림자 드리웠네 臺東影瓦加

-『아정유고 1』

봄날 한양 인왕산 필운대와 육각봉의 꽃놀이와 꽃구경을 묘사한 시다. 필운대와 육각봉 주변 풍경과 꽃구경하러 나오는 사람들의 모습을 다양한 색깔로 생동감 넘치게 표현하고 있다. 필운대는 현재 배화여고 교정 뒷산의 바위이고, 육각봉은 필운대 옆의 언덕이다. 이덕무가 살던 당시 사람들이 가장 많이 찾던 한양 도성 안 명승名勝은 어디였을까? 유득공은 한양 풍속을 기록한 책 『경도잡지』에서 이렇게 말하고 있다.

"필운대의 살구꽃, 북둔의 복사꽃, 흥인문(동대문) 밖의 버들, 천연정의 연꽃, 삼청동과 탕춘대의 수석. 이곳으로 시가를 읊으며 술잔을 기울이는 풍류객들이 모두 모여들었다. 도성의 둘레는 40리이다. 하루 동안 두루 유람하면서 성 안팎의 꽃과 버들을 감상하는 것을 제일가는 놀이와 구경으로 여겼다."

이덕무와 그 벗들은 필운대와 육각봉을 찾아 꽃놀이와 꽃구경을 즐기고 또한 시로 옮겼다. 그런데 흥미롭게도 진경산수화의 대가 겸재 정선의 작품 가운데 필운대와 육각봉의 꽃놀이를 묘사한 그림이 있다. 필운대에서 꽃을 완상玩賞한다는 뜻을 담은 '필운상화弼雲賞花'라는 제목의 그림으로, 필운대와 육각봉에 둘러앉은 예닐곱 명의 선비가 살구꽃과 복사꽃 가득 핀 서촌의 봄날 풍경을 즐기고 있는 모습이 그려져 있다.

여기 이덕무의 시가 필운대와 육각봉의 꽃놀이 풍경을 시로 묘사한 '진경시'의 대표작이라면, 정선의 그림은 필운대와 육각봉의 꽃놀이 풍경을 그림으로 묘사한 '진경산수화'의 대표작이다. 이덕무가 그림을 그리듯 시를 썼다면, 정선은 시를 쓰듯이 그림을 그렸다고 할 수 있지 않을까? 이덕무는 시와 그림의 관계를 항상 이렇게 말했다.

"그림을 그리면서 시의 뜻을 모르면 색칠의 조화를 잃게 되고, 시를 읊으면서 그림의 뜻을 모르면 시의 맥락이 막히게 된다."

조선의 산천 풍경을 생동감 넘치게 묘사한 18세기 조선의 진경산수화와 진경시의 미학은 마치 쌍둥이처럼 꼭 닮아 있다. 그 미학은 바로 '그림 같은 시, 시 같은 그림'이다.

시와
계절의 기운

봄비

어젯밤 강가 언덕 위 내리던 비 昨夜江上雨
부슬부슬 창문 앞 지나가니 蕭蕭窓前過
파릇파릇 보리 순 솟아오르고 靑靑抽麥苗
보슬보슬 나뭇가지 흔드네 霏霏響條柯
정자 올라 사방 멀리 바라보니 登亭四望遠
온갖 사물 봄빛 가득하네 萬物春色多
바람 뒤집혀 까마귀, 까치 젖고 風翻濕烏鵲
젖은 모래 자라가 기어 나오네 沙沾露黿鼉
보슬보슬 내리는 비 하늘과 땅 적시더니 霢霂天地間
잠깐 사이 큰 물줄기 흐르네 須臾流滂沱
아스라이 옥구슬 드리웠으니 漠漠垂玉索
한들한들 파릇한 담쟁이덩굴 같네 裊裊如綠蘿
저 강 가운데 떠 있는 늙은 어부 漁翁前江裏
도롱이 삿갓 쓰고 낚싯대 드리웠네 垂竿披煙簑
새싹 버들 기운 생동하여 新柳精神動

물가 언덕 하늘하늘 요염한 자태 婀娜拂丘阿
방죽 너머 도랑물 콸콸 쏟아져 陂渠流潺湲
강에 들자 푸른 물결 넘실대네 入江漾碧波
해가 솟아 옅은 구름 엷어지자 日出微雲薄
맑고 신선한 기운 절로 도네 淸新氣自和

-『영처시고 1』

관헌의 여름 모임

봄 지나 서로 만나 아담한 모임 갖추니 春後相逢雅集齊
마을 북쪽 성곽 서쪽, 손님이 찾아오네 客從坊北又城西
내리 쬐는 처마 빛 청량한 대나무에 반짝이고 太烘簷旭輝涼竹
잠시 시원한 뜰 그늘, 한낮 우는 닭 천진하네 乍爽園陰澹午鷄
어두워지도록 놀자는 약속, 옷깃 잡아 나서는데 遊約犯星聯袂出
술 마시고 떠들며 더위 잊자고 술병 당기네 飮誇銷暑一壺提
간혹 보는 벗이기에 정감 넘쳐 흐뭇하고 朋仍間闊情方洽

이런저런 이야기, 대나무 발에 저녁달 비치네 且話筠簾夕月低

-『아정유고 1』

가을밤의 소리

다듬이질하는 이웃 소녀 웃음소리 들리고 搗練隣娘笑語喧
가을바람 쓸쓸히 좁은 문 찾아오네 商風淅瀝灑衡門
높다란 느릅나무 잎 수척해 별빛 반짝이고 高榆葉瘦明星爛
늙은 학 소리 맑아 하얀 이슬 무성하네 老鶴聲圓白露繁
뜻 높은 선비 서늘한 밤기운 심취하고 志士偏深涼夜感
나그네 머나먼 고향 생각 간절하네 遊人應斷遠方魂
새벽하늘 달 지고 벌레 소리 잠잠하여 曙天月入蟲吟皎
일어나 바라보니 높다란 성城 낙엽만 우수수 起看層城落木翻

-『영처시고 2』

겨울 새벽녘에

이 마을 저 마을 개 짖는 소리 吠犬村村有
이 나무 저 나무 굶주린 까마귀 울음소리 飢鴉樹樹啼
오삭오삭 강추위 뼈를 갉고 崚崚寒砭骨
먼 하늘 산 달 나직이 걸렸네 山月遠天低

—『영처시고 1』

봄의 기운은 막 움트는 새싹처럼 신선하고 산뜻하다. 봄날 읊은 시는 봄 기운을 닮아 신선하고 산뜻하기가 파릇파릇한 새싹 같다. 여름의 기운은 물방울이 방울방울 떨어지는 것처럼 맑고 깨끗하다. 여름날 읊은 시는 여름 기운을 닮아 맑고 깨끗하기가 물방울 같다. 가을의 기운은 마른 잎 떨어진 나무처럼 여위어 수척하다. 가을날 읊은 시는 가을 기운을 닮아 여위어 수척하기가 앙상한 나무 같다. 겨울의 기운은 찬바람이 살갗을 파고드는 것처럼 차갑고 싸늘하다. 겨울날 읊은 시는 겨울 기운을 닮아 차갑고 싸늘하기가 찬바람 같다. 시는 계절을 닮는다. 사람의 감성은 계절의 기운을 넘어서기 어렵기 때문이다.

오직 성령性靈을 드러낼 뿐

서쪽은 비가 내리는데 동쪽은 맑게 개다

빗기운 하늘 잇닿아 어두운데 雨氣連天暗
구름 빛 해를 내뱉어 밝구나 雲光漏日明
어찌하여 저 비와 저 구름 如何雲與雨
한 가지 심정이 아닌가! 不是一般情

-『영처시고 1』

이덕무는 묻는다. "도대체 시는 어떻게 짓는 것일까?" 이덕무는 답한다. "성령 곧 자신의 감정과 생각을 어떤 사물을 빌려 표현한 것이다." 그런 의미에서 시의 주인공은 사물이 아니다. 성령 곧 자신의 감정과 생각 혹은 뜻과 기운이 주인공이다. 여기 비와 구름을 묘사하는 시를 예로 들어보자. 겉보기에는 비와 구름이 주인공 같지만, 실제 주인공은 비와 구름을 빌려 표현하는 이덕무의 감정과 생각이 주인공이다. 그 감정과 생각이란 무엇인가? 세상사와 나의 뜻을 맞추려고 해도 마치 비와 구름처럼 자꾸 어긋나기만 한다. 자꾸 어긋나기만 하는 세상사와 나의 뜻을 비와 구름에 가탁假託해 표현한 것이 바로 이 시다. 이덕무는 말한다. "성령 곧 자신의 감정과 생각, 뜻과 기운에 바탕 하지 않는 시는 죽은 시요 가짜 시일뿐이다." 성령을 드러내 묘사한 시만이 참된 시라는 얘기다.

명나라 말기 때 문인 원굉도는 오직 자신의 감정과 생각 혹은 뜻과 기운 곧 성령을 표현한 글만이 진문眞文 즉 참된 글이라고 역설했다. 독서성령불구격투獨抒性靈不拘格套, "오직 성령을 드러낼 뿐 격식에 얽매이지 않는다"는 이 말은 원굉도의 시 철학이다. 원굉도는 시를 짓는 이유를 이렇게 말했다.

"그 시문은 대부분 오직 성령을 드러낼 뿐 격식에 얽매이지 않았다. 자기의 가슴속에서 흘러나와 드러낸 것이 아니면 붓을 휘둘러 시문을 지으려고 하지 않았다. 때때로 심정과 풍경이 제대로 만나 마음속에 깨달아 터득한 것이 있게 되면 눈 깜빡할 짧은 시간 안에 천 마디 말을 마치 강물이 동쪽으로 흐르듯이 한달음에 써 내려갔기 때문에 사람들의 혼을 쏙 빼놓았다. 그 시문들 가운데는 훌륭한 곳도 있고 또한 결점이 있는 곳도 있다. 훌륭한 곳이야 스스로 말할 필요가 없겠지만 또한 결점이 있는 곳도 역시 본연의 색깔이요 독자적으로 창조한 말이다. 그런데 나는 그 결점이 있는 곳을 지극히 좋아하고, 다른 사람들이 이른바 훌륭하다고 말하는 곳은 모방하거나 답습한 것이라고 하지 않을 수 없어서 한탄스럽게 여긴다."

원굉도는 이덕무의 시문에 가장 큰 영향을 끼친 문인 중 한 사람이다. "오직 성령을 드러낼 뿐 격식에 얽매이지 않는다"는 원굉도의 시 철학은 이덕무의 시 세계 즉 진솔한 시, 기이하고 괴이한 시, 날카롭고 새로운 시, 자연스러운 시, 독창적인 시의 탄생에 산파 역할을 했다고 해도 과언이 아니다.

슬픔과 체념 사이

어린 딸을 묻고

시월 빈 산 영원히 너 내버리니 十月空山永棄之
땅 속엔 젖 없어 너 이제 굶겠구나 地中無乳汝斯饑
인삼으로 애도한들 어찌 돌아오랴 人蔘那挽將歸者
불치병 별 수 없어 의원 원망하지 않네 技竭膏肓不怨醫

– 『영처시고 2』

삶에는 아무리 안타깝고 아프고 슬퍼도 어쩔 수 없는 일이 있다. 어쩔 수 없는 일은 그냥 그대로 받아들여야 한다. 다른 방법이 없다. 체념이 필요한 순간이 바로 그때다. 슬픔과 체념 사이를 떠도는 이덕무의 감정을 읽다보면, 예전 젊은 시절 시인 박기동의 '부용산'을 읽었을 때 느꼈던 감정이 떠오른다. 어린 나이에 병들어 죽은 딸을 묻고 오는 아버지의 아픔과 슬픔이 꽃다운 나이에 병으로 죽은 여동생을 묻고 오는 오빠의 아픔과 슬픔과 어찌 다르겠는가?

"부용산 오리 길에 / 잔디만 푸르러 푸르러 / 솔밭 사이 사이로 / 회오리바람 타고 / 간다는 말 한 마디 없이 / 너는 가고 말았구나 / 피어나지 못한 채 / 병든 장미는 시들어지고 / 부용산 봉우리에 / 하늘만 푸르러 푸르러."

부모형제와 처자식을 잃는 슬픔보다 더한 슬픔이 어디에 있겠는가? 더구나 피어보지도 못한 채 죽는다면……. 하지만 삶은 무상無常하고 생명은 유한有限한 것. 어쩔 수 없이 받아들여야 하는 일이라면 체념보다 더한 위안과 위로가 어디에 있겠는가?

시인과 궁핍

입춘에

구태여 언 벼루 앞에서 붓 녹이느라 애쓸 필요 있나 氷硯寧勞呵筆頻
온종일 따사로운 3월 봄날 햇볕 따라 앉아보세 暄姸竟日坐陽春
예부터 좋은 날 한데 겹치기 쉽지 않은데 古來難値雙佳節
특별히 한 날 두 친구 기쁘게 맞이하네 分外欣逢兩故人
환한 달 비친 창문, 그림자 어른어른 月地囪櫳流素影
옷깃 스친 매화, 향기로운 먼지 흩날리네 梅天巾袂涴芳塵
글짓기란 본래 곤궁과 근심에서 얻어지니 著書元自窮愁得
내 키만큼 작품 쌓였다고 친구에게 자랑하네 誇向眞交且等身

–『아정유고 3』

이덕무는 시는 곤궁함과 궁핍함에서 나온다고 말한다. 왜 그럴까? 곤궁하고 궁핍하면 가슴속에 울분과 불평이 쌓이는 법이다. 뜻이 높고 식견이 넓지만 곤궁하고 궁핍한 탓에 자신의 지식과 경륜을 세상에 펼쳐볼 수 없는 사람일수록 그 가슴속에 쌓인 울분과 불평은 더욱 가득하게 마련이다. 이탁오의 말을 좇아 예를 들어보겠다. 곤궁하고 궁핍하게 사느라 그 가슴속과 그 목과 그 입에 오래도록 묵히거나 쌓인 울분과 불평을 도저히 참거나 막을 수 없는 지경이 되어버린 사람이 있다고 치자. 그 사람이 어느 순간 문득 감정이 치솟아 일어나고 탄식이 절로 터져 나오고 울분을 마음껏 풀어내고 불평을 거리낌 없이 하소연하고 기구함을 뼛속 깊이 느끼게 되면, 저절로 마치 옥구슬과 같은 시어와 시구들을 토하듯 뱉어내고 하늘의 은하수처럼 찬란하게 빛나는 천연의 시를 짓게 된다. 일부러 시를 쓰려고 하거나 억지로 애쓰지 않아도, 어느 순간—그렇게 하고 싶어서 그렇게 한 것이 아니라—저절로 마음속에 쌓인 울분과 묵힌 불평이 터져 나와 그대로 시가 된다는 얘기다. 하지만 그 가슴속 울분과 불평이 시가 되려면 반드시 곤궁함과 궁핍함을 시적 동력으로 승화하는 문학적 작용이 일어나야 한다. 문학적 작용과 시적 승화가 일어나지 않는 울분과 불평은 단지 분노와 푸념에 불과할 뿐이다.

이덕무는 해가 저물도록 먹을거리를 마련하지 못할 정도로 곤궁했고, 추운 겨울에도 방구들을 덥힐 불을 때지 못할 정도로 궁핍했다. 비록 쓸쓸한 오두막집에 살면서 빈천貧賤을 감내하고 사는 삶을 스스로 편안하게 여겼다고 해도 어찌 마음속에 쌓인 울분과 불평이 없었겠는가? 또한 비록 권세 있는 사람을 찾아다니거나 지위 높고 요직에 있는 사람들과 어울려 다니며 부귀와 권력을 얻으려는 마음이 추호도 없었다고 해도, 서자라는 이유 때문에 온갖 사회적 차별과 멸시를 받아야 했던 삶에 어찌 울분과 불평이 없었겠는가? 오히려 '벌레가 나인가 기와가 나인가'라는 제목의 시나 초나라의 지사 굴원을 좋아했던 사실에서 알 수 있는 것처럼, 이덕무는 가슴 가득 울분과 불평을 품은 비분강개한 사람이었다. 하지만 이덕무는 곤궁함과 궁핍함에 분노하거나 푸념하지 않고 오히려 자신의 가슴속 울분과 불평을 문학적으로 승화시켜 시작詩作의 자양분으로 삼았다. 그 덕분에 젊은 시절 이미 자신의 키만큼이나 많은 시를 얻게 되는 기쁨을 누렸다. 구양수는 "시인은 곤궁해진 뒤에야 시가 더 좋아진다"고 했고, 소동파는 "궁색한 사람의 시가 더 좋다"고 했다. 그런 의미에서 곤궁하고 궁핍한 삶이 명시인名詩人 이덕무를 낳았다고 해야 하지 않을까?

작은 것의 아름다움

술에 취해

작은 것도 꼼꼼히 살피면 그 속의 세계 무한하고 小玩纖娛境亦恢
낡은 발 틈 스민 햇살 눈이 부시네 敗簾篩旭眼花猜
안간힘 쓰는 창가의 벌, 다리 때문에 조악하고 牕蜂屭贔麤因脚
아롱아롱 어항의 붕어, 아가미 놀림 기묘하네 盆鯽玲瓏妙在腮
하루라도 취중 황홀경 노닐지 않을 수 없고 一日那無遊酒國
일생 동안 책무더기 파묻혀 살아야지 百年吾欲隱書堆
닮은 모양 잊어버리고 참된 뜻만 드러내고자 只求寫意忘其似
밀랍 곱게 다져 새로이 품자매品字梅 만드네 鑄蠟新成品字梅

-『아정유고 2』

이덕무는 자기 주변에 존재하는 사소하고 하찮고 보잘것없는 것들을 통해 인간과 사물의 본질 그리고 세계와 우주의 이치를 꿰뚫어보는 안목을 갖추고 있었다. 이 때문에 그는 보통 사람에게는 아무 볼품없어 보이는 작은 것들의 아름다움을 발견하는 데 탁월한 재주와 능력을 발휘할 수 있었다. 일상과 주변의 작은 것들을 세심하게 바라보며 세밀하게 관찰하는 것, 이덕무 시의 원리가 바로 거기에 있다. 세심하게 바라보며 세밀하게 관찰하여 그 본질과 이치를 꿰뚫고 시적으로 묘사하는 것, 이덕무 시의 힘이 바로 여기에 있다. 작은 것 속에 거대한 것이 있고 거대한 것 속에 작은 것이 있으며, 작은 세계 속에 큰 세계가 있고 큰 세계 속에 작은 세계가 있다는 것, 이덕무의 시에 나타나는 작은 것의 아름다움이 바로 여기에 있다.

수야모당秀野茅堂에서

궁벽한 곳 거처하니 더위를 모르겠고 居迴難知暑
햇볕 마주하니 겨울도 두렵지 않네 對暄不怕冬
비 지나간 나무 반짝반짝 빛나고 瓏瓏雨過樹
봄 지나간 봉우리 곱고도 예쁘구나 窈窕春餘峯
산골짜기 맑은 냇가 담소 나누고 澗色澄邊語
정원 향기 그윽한 곳 만났구나 園香藹處逢
책 읽고 한가로이 살아가니 補閒書帙內
어려도 높은 자취 간직했구나 夙歲秘高蹤

-『아정유고 2』

유란동幽蘭洞에서

온갖 고운 새 각자 소리 새로우니 百種嬌禽變響新
세월 흘러 다시 초여름 찾아왔네 流光又屆夏頭旬
깊은 골짜기 안 그윽한 향기 꿰어 차고 싶고 幽香隱谷憐堪佩

푸른 시내 향기로운 풀 깔고 앉아 한탄하네 芳草緣溪悵可茵
그림 그려 참으로 아름다운 빛깔 이루었고 罨畫眞成金碧境
영롱하여 투명한 인간으로 변한 듯하구나 玲瓏疑化水晶人
얼큰하게 술 취해도 술잔 사양 않고 酡紅不厭飛觴屢
밤 어두워지도록 꽃놀이, 이 또한 전생의 인연이네 抵夕攀花亦宿因

-『아정유고 2』

시가 산문과 구별되는 가장 큰 특징 중 하나가 운율韻律이다. 시에는 운율이 있는 반면 산문에는 운율이 없기 때문이다. 물론 시 중에는 구태여 운율의 형식을 취하지 않는 시도 있고, 또한 산문 중에도 시적 운율을 취한 산문이 있기는 하다. 하지만 이런 경우는 예외적이고, 대개 시에는 운율이 있고 산문에는 운율이 없는 게 둘 사이를 구별하는 결정적인 차이다. 운율은 한시는 말할 것도 없고 현대시에도 존재한다. 그런 의미에서 시가 시인 까닭은 운율이 있기 때문이라고 해도 크게 틀린 말은 아니다.

운율은 곧 리듬이다. 운율에는 글자 수를 일정하게 배치하는 방법과 시어를 규칙적 혹은 불규칙적으로 배열하는 방법이 있다. 예를 들어 앞의 시 '수야모당에서'는 5자字 8구句로 구성되어 있는 오언율시五言律詩다. 뒤의 시 '유란동에서'는 7자字 8구句로 구성되어 있는 칠언율시七言律詩다. 오언율시와 칠언율시는 글자 수는 물론이고 운자韻字에 따라 시어를 일정한 자리에 규칙적으로 배열해야 한다. 이렇듯 일정한 형식에 글자 수를 맞추고 운자를 규칙적으로 배열하는 방법으로 각각의 한시는 특유의 운율을 갖게 된다. 운율은 리듬과 같아서 시에 음악적 효과를 입힌다. 따라서 시를 읽을 때는 운율 곧 리듬을 찾아서 마치 노래를 부르듯이 읊는 것이 가장 좋다.

가을날 마음속 온갖 생각

상하 천 년 동안 거드름 피우며 섭렵하여 上下千年偃蹇吾
젊은 시절 품은 뜻 그다지 오활하지 않았네 弱齡齎志未全迂
때때로 영웅 이야기 웃으며 던져버리고 有時笑擲英雄譜
홀로 앉아 태극도太極圖 깊이 들여다보네 獨坐深看太極圖
막 잎 떨어진 나무 기운 맑고 깨끗하며 樹氣澄明新脫葉
멀리 새끼 거느린 기러기 소리 화평하여 즐겁네 雁聲和悅遠將雛
필상筆床 연갑硯匣 가진 것 전부라 筆床硯匣於焉地
하루 종일 호젓이 아무 일도 없네 盡日蕭然一事無

나그네 신세 열흘 만에 집에 돌아오니 一旬爲旅始還家
낙엽 지는 나무 울어대는 기러기, 너희를 어찌하랴 落木鳴鴻奈爾何
메마른 붉은 밭 곡식, 밥 짓는 여인 원망이고 旱米硬紅炊女怨
기름지고 깨끗한 가을 생선, 저잣거리 아이 자랑이네 秋

鱗肥潔市童誇

초저녁 동산 달맞이 시 읊조리며 詩迎初夜東山月
중양절 이웃집 국화 화분 부탁하네 盆乞南隣九日花
닳아 떨어진 도서圖書 손질하고 나니 修理圖書蕪沒後
옷깃 부여잡은 어린 동생 떠들어도 싫지 않네 牽衣弱弟不厭譁

남산이라 자각紫閣(한양) 층층이 두른 성 南山紫閣繞層城
하늘 위 뜬구름 한 점 외나무에 걸려 있네 上有浮雲一樹縈
갑 속 검 시렁 위 책, 높게 거드름 피우고 匣劍架書高偃蹇
새벽 우레 밤안개, 사방에 자욱하네 晨雷夜霧鬱縱橫
허무하구나! 만고萬古의 신선 그림자 虛無萬古神仙影
맑고 깨끗하구나! 인간 세상 처사處士 이름 瀟灑人間處士名
하늘이 하는 대로 자유로이 먹고 마시며 飮啄自如天可聽
하늘의 공평함 헤아리며 내버려두네 任他斟酌玉衡平

문장은 변변치 못한 재주라 너무나 힘들고 文章末技太勞哉

어찌하여 사람은 한번 가면 못 돌아오는가 何事人人去不廻
초나라 손숙오의 의관衣冠 원래 가짜이고 孫叔衣冠元是贗
팔공산 초목은 모두 의심할 만하네 八公草木盡堪猜
불평과 원망 예로부터 영웅의 역할이니 啁啾終古英雄役
남김없이 드러내는 것, 조화의 설움이네 刻露無餘造化哀
원만한 경지 이를 때 붓 잡기 좋으니 境到圓時搖筆好
선성宣城과 율리栗里[1] 바로 기이한 재주네 宣城栗里迺奇才

두레박 틀마냥 세상 좇아 살아갈 마음 없어 俯仰無心逐桔橰
초야에 묻혀 오활하게 살며 원망 않네 迂疏不怨隱蓬蒿
진실로 선배들의 그윽한 풍류 그리워하며 實憐前輩風流遠
감히 맑은 가을 높은 의기 자랑하네 敢詑淸秋意氣高
검은 사슴 변신하여 흰 안석에 돌아가고 烏鹿幻身歸素几
암룡 채색 휘날리며 웅장한 칼 호위하네 雌龍騰彩護雄刀
항상 얽매이지 않고 세상 바깥에서 노니니 何年擺脫遊霞外

1 선성은 남제南齊의 사조謝朓, 율리는 진晉의 도연명陶淵明을 말한다.

끝없이 아득한 바다 거대한 자라나 낚을까 萬里滄溟釣巨鰲

-『영처시고 2』

시는 감성의 산물일까 아니면 사유의 산물일까? 대개 시는 감성의 산물이라고 생각한다. 하지만 시는 사유의 산물이기도 하다. 더군다나 혁신적이고 독창적인 시는 불온한 사유 혹은 모험적 사유의 산물이다. 불온한 사유와 모험적 사유가 없다면 어떻게 새롭고 참신한 시가 탄생할 수 있겠는가? 불온한 사유와 모험적 사유는 무엇인가? 현실에 존재하지 않는 것 혹은 현실에서는 불가능한 것을 상상하고 꿈꾸는 것이다. 이런 까닭에 자신의 시대를 넘어선 시를 썼던 시인들은 모두 불온하고 모험적인 시인이었다. 이덕무가 좋아했던 굴원이 그랬고, 도연명이 그랬고, 원굉도 역시 그랬다. 이덕무 역시 예외가 아니다. 비록 초라하고 쓸쓸한 오두막집에 들어앉아 있어도 천 년의 시간과 만리의 공간을 자유자재로 넘나들지 않는가? 사유에는 경계가 없다. 정신이 경계에 구속당하면 옴짝달싹도 못하는 노예의 신세가 되고 만다. 이러한 까닭에 불온하고 모험적인 정신이야말로 경계가 없는 사유의 필수불가결한 조건이다. 중화의 경계를 넘어서는 것, 유학과 성리학의 경계를 넘어서는 것, 가난의 경계를 넘어서는 것, 신분의 경계를 넘어서는 것, 조선의 경계를 넘어서는 것, 옛 시와 옛 글의 경계를 넘어서는 것. 이 모든 것은 혁신적이고 독창적인 글을 쓰기 위해 이덕무가 넘어야 할 경계였다. 불가능한 것을 상상하고 꿈꾸는 불온함과 모험심이 없었다면 어떻게 그 경계를 넘어설 수 있었겠는가?

가을밤 마음속 생각을 읊다

즉즉 우는 풀벌레 소리 귀 가득 들리고 喞喞群虫滿耳聽
차가운 이슬 내려 풀뿌리에 엉겼네 倒飛涼露草根停
날아가는 기러기 굳센 기운 쓸쓸하게 이어지고 鴻流勁氣蕭森亙
휘영청 뜬 달 하늘 맑고 깨끗해 더욱 푸르네 月霽寥天灑落靑
어느 누가 빠른 세월 애석하지 않으랴 歲色阿誰能不惜
마음속 품은 회포 거의 다 다스리기 어렵네 襟懷强半是難平
시서詩書 먼 옛날 선배들 그림자 붙들고 詩書遠把前修影
깊은 밤 큰 소리 읽으니 나뭇잎 기둥 두드리네 大讀三更葉打楹

–『영처시고 2』

절구絶句

단풍잎 발자국 덮어버려 紅葉埋行踪
산중 집 내키는 대로 찾아가네 山家隨意訪

글 읽는 소리 베 짜는 소리 조화로이 書聲和織聲
해질녘 서로 낮았다 높았다 하네 落日互低仰

새로 농기구 책 저술하고 新修耒耟經
한가로이 어패魚貝 노래 읊조리네 閒評魚貝詠
옛 사서史書 세상 등진 사람은 前史隱淪人
거의 성명姓名 전하지 않네 太生不傳姓

어리석은 사람 옛 시 담론하며 癡人談古詩
원명元明 시대 시 배척하기 좋아하네 喜斥元明代
어떤 시가 원명 시대 시인가 물으면 如何是元明
어리둥절 멀뚱멀뚱 아무 말 못하네 茫然失所對

절구絶句 짓기 가장 어려우니 絶句最難工
당나라 시인 특별한 본성 갖추었네 唐人別具性
전기錢起의 '강행江行' 시와 錢起江行詩
왕유王維의 '망천輞川' 시가 그러하네 摩詰輞川詠

돌 비탈길 나무꾼 조그맣고 石磴樵人細
먼 마을 한 점 불빛 붉네 遙村一火紅
강가 모래밭 그림으로 들어오니 川原堪入畫
온갖 경치 한눈에 들어오네 都在遠觀中

-『아정유고 3』

공자가 성인이 된 까닭은 다른 데 있지 않다. '질문質問'을 잘 했기 때문이다. 무슨 말인가? 모르는 것이 나타나면 알게 될 때까지 묻고 또 물었다는 얘기다. 어떻게 물었을까? 그 하나가 '불치하문不恥下問'이라면, 다른 하나는 '절문切問'이다. '불치하문'은 모르는 것이 있다면 자신보다 못한 사람 혹은 아랫사람에게 묻는 것을 부끄럽게 여기지 않는다는 뜻이다. '절문'은 모르는 것이 있다면 알게 될 때까지 간절하게 묻고 또 묻는다는 뜻이다. 이덕무의 시 세계의 바탕에는 '절문의 미학'이 있다. 이덕무의 혁신적이고 독창적인 시 세계는 간절한 질문을 통해 만들어졌다고 해도 과언이 아니다. 그는 옛사람 또는 다른 사람의 시를 배우고 익히면서 어느 누구도 오르지 못한 독보적인 경지에 오르기 위해 끊임없이 질문하고 또 질문했다. 그렇지 않았다면 모든 사람이 추종하고 숭앙하는 옛사람과 다른 사람의 시 세계를 모방하거나, 시법詩法을 흉내 내거나, 시작詩作을 답습하는 수준에서 만족했을 것이다. 이덕무는 모방하지 않기 위해서 자신에게 간절하게 질문했고, 흉내 내지 않기 위해서 자신에게 간절하게 질문했고, 답습하지 않기 위해서 자신에게 간절하게 질문했다. 새로운 것을 창조한다는 것은 옛것이나 다른 사람의 것을 배우고 익히지 말라는 얘기가 아니다. 새로운 것은 절대로 하늘에서 뚝 떨어지지 않는다. 그러나 옛사람과 다른 사람의 것을 아무리 배우고 익힌다고 해도 새로운 것은 창조되지 않는다. 오히려 옛사람과 다른 사람의 노예가 되기 쉽다. 새로운 것을 창조하기 위해서는 옛사람과 다른 사람의 것을 배우고 익히면서도 새로운 것이 나타날 때까지 스스로에게 쉼 없이 간절하게 질문하고 또 간절하게 질문해야 한다. 이덕무의 시 세계에 '질문의 미학'이 그토록 짙게 깔려 있는 까닭을 여기에서 찾을 수 있다.

금사사

물굽이 활처럼 휘어 모래섬 보이지 않고 水背如弓不見洲
장쾌하게 유람하는 이 몸 객지에서 시름 달래네 壯遊吾且散羈愁
파도 소리 우렁차니 용의 무리 장난인가 群龍鬐戲潮音迴
지축이 떠다니니 모든 부처의 근심인가 諸佛眉憂地軸浮
해당화 가득 피니 또한 아름답고 遍滿穠棠開亦艶
바다 멀리 날아오는 콩나물 그 사연 아득해라 飛來芽菽事頗幽
해마다 초여름 중국배 정박하니 年年首夏唐船泊
승장僧將의 진영 해월루 높구나 僧將營高海月樓

—『아정유고 1』

계문薊門의 뽀얀 안개 속 멀리 보이는 나무

먼 하늘 자욱한 안기 기이하게 보이더니 積氣遙天一望奇
눈 깜짝할 사이 변해 사라지니 참 이상하구나 斯須變滅劇然疑

바라건대 신선은 언제나 만날 건가 庶幾仙子何時遇
이른바 이인伊人 온종일 생각하네 所謂伊人盡日思
온 땅에 흰 구름 가득 속절없이 비칠 뿐 滿地白雲虛自映
공중에 뜬 푸른 나무 재빨리 옮겨가네 浮空翠樹倏如移
동편은 서편이 더 좋다고 부러워 말라 東邊莫羨西邊好
몸이 그 속에 있으면 모두 알지 못하네 身在那中各不知

-『아정유고 3』

오룡정

높다란 누각 유리창 파란 호수 비치고 高閣琉璃碧映湖
푸른 숲 호리병박 꼭지 우뚝 솟았네 青林湧出頂葫蘆
맑게 갠 날 옥동교 위 바라보니 天晴玉蝀橋頭望
소이장군小李將軍[2] 저색著色 그림이네 小李將軍著色圖
십 리 붉은 담 잇닿고 푸른 나무 우거져 十里紅牆綠樹紆

2 당나라 시대 화가 이소도李昭道를 가리킨다.

새로 솟은 수많은 연꽃 가지 평평한 호수에 꽂혔네 新荷萬柄揷平湖
만주 황제 이처럼 좋은 곳 차지하니 滿洲皇帝家居好
오산吳山에 입마도立馬圖[3] 그리지 않네 不作吳山立馬圖

–『아정유고 3』

이덕무는 여행을 다닐 때 시 짓는 것을 매우 좋아했다. 특히 여행지에서 마주한 낯선 풍경을 자신만의 느낌과 감성으로 읊는 것을 즐겼다. 여행의 가장 큰 즐거움은 '낯익음'이 아닌 '낯설음', '익숙함'이 아닌 '익숙하지 않음'에 있다. 여행의 가장 큰 유익함은 낯설고 익숙하지 않은 풍경, 풍속, 지역, 사건, 사람들을 보고 듣고 경험하면서 자신의 안목을 높이고, 식견을 넓히며,

3 서 있는 말을 그린 그림. 여기서는 청淸나라가 예전 금金나라처럼 쉽게 망하지 않을 것이라는 뜻을 담고 있다. 금나라 때 폐위된 황제 완안양完顔亮의 '오산吳山'이라는 제목의 시에 "백만 군대 서호 위로 옮겨 / 오산 제일봉에 말을 세웠네(移兵百萬西湖上 立馬吳山第一峯)"라는 구절이 있는데, 여기에서 따온 것이다.

선입견과 편견을 깨나가면서 정신을 살찌우고 내면을 풍요롭게 하는 일이다. 여행을 가기 전의 나와 여행을 하고 있는 나와 여행에서 돌아온 나는 결코 같을 수 없다. 여행에서 만나는 낯설고 익숙하지 않은 것은 곧 새로운 세계와의 조우다. 누구나 새로운 세계와 조우하면 이전의 나와는 다른 새로운 나를 만나게 된다. 그런 의미에서 여행은 또 다른 세계와 만나는 길이요, 또 다른 나를 찾아 나서는 길이요, 또 다른 나를 발견하는 길이다. 20대 후반 한양을 떠나 황해도 장연의 장산곶을 찾아 나섰던 서해 여행이 이덕무에게 한양이라는 경계를 벗어나 새로운 세계 곧 임진강 북부 지방을 경험하게 했다면, 30대 후반 조선을 떠나 연경(북경)에 다녀온 청나라 여행은 이덕무에게 조선이라는 우물을 벗어나 새로운 세계 곧 중국을 경험하게 해주었다. 먼저 이덕무는 서해 여행을 통해 완전히 새롭게 태어난 자신을 이렇게 묘사했다.

"마치 장마 비가 막 갠 듯, 오랫동안 앓은 병에서 막 일어난 듯, 불길한 악몽에서 불현듯 깨어난 듯, 난해하기 짝이 없는 책을 환히 깨우친 듯했다. 집에 돌아와서 방에 편안히 누워 지난 여행에서 겪었던 일들을 생각하니, 아득하기가 선천先天 같다가, 다시 또렷하기가 전생前生 같기도 했다."

또한 중국 여행을 통해 얻게 된 북학 사상과 세계관의 혁신을 이렇게 표현했다.

"중국을 헐뜯는다고 한들 무엇이 낮아지고 / 중국을 칭송한다고 한들 무엇이 높아지겠는가! / 조선 사람의 안목 마치 콩알처럼 작으니 / 중국은 저절로 중국이네 / 조선 역시 좋은 점 있으니 / 어찌 중국만 모두 좋겠는가! / 중심과 주변의 구별이 있다고 해도 / 모름지기 평등하게 보아야 하네 / 대수롭지 않게 볼 때는 구들 만들고 / 사소하고 자질구레한 것도 유리그릇에 삶는다네 / 해마다 배운다고 해도 터득하기 어렵거늘 / 하물며 옛사람의 글이겠는가! / 천하에 가장 듣기 싫은 소리 / 까악까악 늙은 까마귀 소리지만 / 이보다 더 심한 일 있으니 / 썩은 선비 중국 연경燕京 이야기라네."

한 사람의 일생에서 여행이 얼마나 거대하고 혁명적인 역할을 하는가를 알 수 있는 대목이다.

시 짓는 어려움과 괴로움

동쪽에 사는 이웃 사람의 시에 화답하다

알맞은 때 시와 술 다시 이 정자인데 適會詩罇又此亭
꽃 피려는 푸른 나무 그 뜻 아득하네 欲花靑樹意冥冥
더불어 사는 이웃 가끔 보니 물처럼 사귀고 同隣罕見交如水
낯선 손님 새로 만나니 별처럼 모였네 它客新逢聚似星
옛 섬돌 곧은 소나무 사방으로 뿌리 뻗고 古砌貞松根四據
텅 빈 뜰 흰 학 두 그림자 멈췄네 虛庭素鶴影雙停
등잔 앞 왕세정의 시 운韻자 뽑아 好拈燈畔弇州韻
시구 막 이루려고 하자 이경을 알리네 句欲圓來二鼓聽

―『아정유고 1』

가을밤

모래톱 기러기 떼 내려앉은 순간 賓鴻沙際下
그윽한 내 마음 더욱 그윽하네 幽抱此時深
누각 위 한 가닥 피리 소리 樓上一聲笛

달빛 속 여기저기 다듬이소리 月中數處砧
초가을 신체 강건해지려 하는데 初秋身欲健
서늘한 밤기운 잠들기 어렵네 涼夜睡難侵
부질없구나! 이 해도 저무는데 空歎歲華晩
풍경 오롯이 시심詩心 북돋네 風光只助吟

-『영처시고 1』

가슴속에 가득 말이 쌓여 있고 머릿속에 잔뜩 글이 고여 있다고 해도 막상 문자와 언어로 표현하려고 하면 여간 어려운 게 아니다. 말과 글이란 문자와 언어에 구속당할 수밖에 없다. 문자와 언어의 장벽과 한계에 제약당할 수밖에 없는 게 사람의 말과 글이다. 이러한 까닭에 시를 짓는다는 것은 어렵고 괴로운 일이다. 그렇다면 왜 시 짓는 어려움에 괴로워하면서도 시를 짓는 것일까? 짓지 않을 수 없기 때문이다. 왜 짓지 않을 수 없는가? 세상의 모든 존재, 하늘·바람·구름·천둥·비·해·달·별·노을·들녘·강·산·바다·봄·여름·가을·겨울·눈·제비·기러기·섬·배·매미·그림자·밤·귀뚜라미·등불·새벽·소나무·까마귀·봉우리·황혼·무지개·벗·술·모래톱·다듬이소리 등이 시를 지어달라고 아우성을 치기 때문이다. 또한 가슴과 마음속의 모든 감성, 뜻, 기운, 생각 등이 시를 지어달라고 아우성을 치기 때문이다. 전자가 시인 밖의 시적 모티프라면, 후자는 시인 안의 시적 모티프다. 안팎의 모든 것이 시를 지어달라고 아우성치는데 어떻게 시를 짓지 않을 수 있겠는가?

검서체 –
실험과 창조

영재 유득공

나는 유득공의 시가 근세의 절품絶品이라고 생각한다. 그는 재주가 뛰어나고 학문도 박식하여 갖추지 않은 문체가 없다. 대가들의 시를 널리 보았기 때문에, 『모시毛詩』(시경)·「이소」·고가요·한나라·위나라·육조六朝·당나라·송나라·금나라·원나라·명나라·청나라에서부터 삼국(고구려·신라·백제)·고려·조선은 물론 일본의 시에 이르기까지 좋은 시는 직접 뽑아서 기록하였다. 그렇게 직접 뽑아 기록한 시가 상자 가득 넘쳤으나 오히려 시가 부족하다고 여겼다. 그의 재주가 절묘할 뿐 아니라 시를 전문적으로 다루는 실력은 요즘 세상에서 비교할 만한 사람을 찾기 어려울 지경이다.

유득공의 숙부 기하실幾何室 탄소彈素 유금이 병신년(1776)에 부사를 따라 청나라 연경에 갈 때 다음과 같은 전별시를 지었다.

고운 국화 시든 난초 사신 행차 비칠 새 佳菊衰蘭映使車
맑은 구름 부슬비 초겨울 재촉하네 澹雲微雨迫冬初
한 편의 시 중국 땅 전하고파 欲將片語傳中土
지북池北 말고 어느 누가 책에 실어줄까 池北何人更着書

아래 시는 왕어양의 『지북우담池北偶談』에 실린 청음 김상헌의 시사詩事에 대해 읊은 것이다.

책 보다 흘린 눈물 천년 세월 물들이고 看書淚下染千秋
강가 부근 시인 감정 끝없는 수심일세 臨水騷人無恨愁
올곧은 선비 시집 엮는 데 졸작을 꺼리니 碻士編詩嫌草草
그대 나를 위해 『치청전집豸青全集』 구해주소 豸青全集若爲求

아래 시는 치청산인豸青山人 이철군의 시어를 인용해 읊은 시이다.

싹 트고 꽃 피는 때는 이월 淺碧深紅二月時

작은 먼지 어지러이 봄꿈 어수선하네 軟塵如粉夢如絲
항주杭州의 재사才士 반향조(반정균) 杭州才子潘香祖
가련하다! 아름다운 시구 남시南施와 같네 可憐佳句似南施

아래 시는 반추루潘秋庫(반정균)의 도류화桃柳畫 족자에 쓴 시를 인용해 읊은 시이다. 남시는 우산愚山 시윤장施閏章을 말한다.

시인 곽집환이 있는데 有箇詩人郭執桓
담원서 읊은 시 우리나라까지 퍼졌네 澹園聯唱遍東韓
삼 년이 지나도록 소식조차 없으니 至今三載無消息
유유히 흐르는 분수汾水 꿈속에 그리네 汾水悠悠入夢寒

이 시는 홍담헌洪湛軒(홍대용)이 회성원繪聲園의 시집을 얻은 일을 읊은 것이다. 유금이 청나라에 갔을 때 면주에서 이부상서 이조원을 만나 이 시를 보여주었다. 이조원은 크게 칭찬하며 "이것이야말로 훌륭한 문장이다"라고 말하며 벽에 붙여놓았다고 한다. 반추루(반정균) 역시 이 시를 본 후 칭찬하였고, 또한 자신의 시가 남시南施와 같다는 말에 기뻐하며 손수 베끼어 가지고 갔다고 한다. 이 밖에 유득공의 아름다운 시를 살펴보면 다음과 같은 시가 있다.

풀빛은 남쪽 나라에 이어져 있고 草色連南國
꾀꼬리 소리 고향 동산의 소리 같네 鶯聲似故園

고요히 피어 있는 꽃 무수히 절로 떨어지고 閒花多自落
바람 따라 나는 나비 마음대로 노니네 風蝶竟分飛

흐르는 물 보매 길게 탄식하고 水流長太息
꽃이 피매 절로 깊이 생각하네 花發自沈吟

꽃 떨어져 저녁 물결 붉고 晩浪涵花紫
달 솟아 봄 풍광 누렇네 春光湧月黃

묵은 연기 키 작은 풀에 흐르고 舊煙流短草
남은 빗방울 높은 가지에서 떨어지네 殘雨映高枝

봉우리 비 몰려올 무렵 푸르고 峯靑雨黑際
늙은 어부 머리 횃불 밝힐 때 하얗네 漁白樵紅時

연기 쌓인 집 시 정취 담담하고 煙屋澹詩意
비 오는 누각 글 소리 잠기네 雨樓沈讀聲

나무 위 까마귀 깨끗하고 全樹霜鴉澹
가지 위 참새 살쪘네 單枝雪雀肥

향기로운 풀 물가 사람 홀로 가고 芳草汀洲人獨去
놀잇배 악기 소리 비 함께 오네 畫船簫鼓雨俱來

새로 등불 밝혀 고사高士의 전기 읽고 新着靑燈高士傳
오래된 단풍나무 기대어 은사隱士의 사당 지었네 舊因紅樹

隱君堂

용과 호랑이 오름과 내림 말한 책은 『참동계』이고 龍升虎降參同契
벌레와 물고기 주석과 해설 단 책은 『이아경』이네 虫疏魚箋爾雅經

작별한 지 며칠 만 오나라 땅 아닌데 別來幾日非吳下
알아보는 사람 없으니 바로 초나라 땅이네 知者無人又郢中

가엾구나! 나무 열매인들 어찌 걱정 없을까 可憐木實能無患
믿지 못하겠네! 사람 운명 근심 없다는 말 不信人名有莫愁

의복 위 먼지 많아 훤초萱草 원망하고 衣上多塵萱草怨
시 속 눈물 젖어 대나무 가지 슬퍼하리 詩中有淚竹枝哀

조강 내리는 비 돛대 반쯤 젖었고 帆身半濕祖江雨

손돌목 부는 바람 깃발 완전히 기울었네 幡脚全斜孫石風

사영운이 기녀 데리고 놀던 길 이끼 끼어 보이지 않고 苔暗謝公携妓逕
손초가 글 읽던 누대엔 나뭇잎만 흩날리네 葉飛孫楚讀書樓

말단 관리로 늙어가니 한나라 사신 서글프고 皓首郞潛悲漢駟
해진 옷으로 품팔이한 양홍이 탄식하네 弊衣傭作歎梁鴻

갈대꽃 핀 항구 물고기 서너 마리 蘆花曲港魚三四
부들잎 떨어진 연못가 기러기 형제 浦葉寒塘雁弟兄

위와 같은 시는 모두 깨끗하여 세속의 더러움에 물들지 않았다. 때로는 처절하고 비장한 심정까지 담고 있으니 유득공의 사람됨을 상상할 수 있다.
그가 지은 '가을날 강산 이서구에게 주다(秋日贈薑山)'라는 시는 다음과 같다.

더러운 세상에 떨어져 세월 쏜살같은데 落拓塵間歲月催
높은 곳에 올라 부賦 지으니 재사才士라 할 만하네 登高能賦足云才
사내대장부 앞으로 다가올 일 가소로울 뿐인데 男兒可笑前頭事
어찌 지금 한 잔 술 없겠는가 今日胡無右手杯
원헌의 길가면서 읊은 노래 병 아니고 原憲行歌非病也
동방의 시재詩才 거의 궁색하게 되었네 東方聯句幾窮哉
두 시인 가을 창가 아래 마주 앉았으니 兩詩人對秋窓下
가을 소식 쓸쓸한데 기러기 날아오네 霜信蕭蕭白雁來

유득공의 글은 문약하여 마치 처녀 같은데 시는 때때로 애절함을 담고 있으니, 그의 마음속에 혹시 격정이 있어서 그러한 것인가.

-『청비록 4』

창조는 실험과 모험 속에서만 나온다. 실험과 모험이 없다면 창조 역시 없다는 얘기다. 창조를 위해서는 반드시 실험과 모험을 해야 한다. 이덕무와 유득공, 박제가, 이서구 등 백탑파 시인들은 실험과 모험을 두려워하지 않았다. 실험과 모험을 두려워하지 않았기 때문에 기궤첨신한 시 즉 새롭고 혁신적이며 독창적인 시가 나왔다고 해도 과언이 아니다. 죽음을 맞이하기 직전 이덕무는 박제가에게 편지를 보내 일찍이 실험과 모험을 두려워하지 않았던 자신들의 시작詩作 활동에 대해 이렇게 밝혔다.

"대개 300편 시와 소부騷賦와 고일古逸은 물론 한나라와 위나라, 육조六朝와 당나라, 송나라, 금나라, 원나라, 명나라, 청나라 그리고 신라와 고려와 우리 조선, 안남安南과 일본과 유구琉球의 시에 이르기까지 상하로 3,000년, 종횡으로 1만 리에 걸쳐 안력眼力이 닿는 곳은 남김없이 알아볼 정도였습니다. 감히 스스로 옛사람들에게 양보할 바가 없다고 수없이 일컬었습니다. 간혹 일찍이 그 좋아하는 바를 본뜨거나 흉내 내고 시험 삼아 거리낌 없이 유희遊戱하기도 했습니다."

옛 시를 배우고 익히면서 본뜨거나 흉내 내면서도 마음 내키는 대로 거리낌 없이 별도의 체재를 실험한 덕분에 이덕무와 그 벗들은 세상 사람들로부터 새로이 '검서체'를 만들었다는 비평 아닌 비평을 받기도 했다. 유득공은 자신들의 시에 대한 세간의 비평에 대해 이러한 기록을 남겼다.

"나는 이덕무와 박제가와 더불어 상투를 틀 때부터 조계 백탑의 서쪽에서 시를 일컬었다. 당나라와 송나라와 원나라와 명나라만 고집하거나 가려서 보지 않았다. 그 뜻은 단지 온갖 부류의 시인들을 마음 내키는 대로 살펴보고 그 정화精華를 모으는 데 있었을 뿐이다. 규장각에 임금님을 받들어 모시고 나랏일에 힘쓰면서부터는 시작詩作의 여가조차 나지 않았다. 그런데 영편단구零篇短句가 간혹 세속에 물든 사람들의 눈에 걸리면 지나치게 정확하다거나 너무 깨끗하다고 의심하곤 하였고, 드디어 마침내 '검서체'라고 지목하였다. 참으로 가소로운 일이다. 검서체라는 것이 어찌 다른 문체이겠는가? 안목을 갖추고 있는 사람은 마땅히 저절로 알 수 있을 것이다."

이덕무와 그 벗들의 기궤첨신한 시 곧 '검서체'는 어디에서 왔는가? 첫째, 모든 옛 시를 가리지 않고 배우고 익히지만 그 어떤 옛 시에도 결코 얽매이거나 속박당하지 않는 독립적인 정신에서 나왔다. 둘째, 새로운 시를 거리낌 없이 마음 내키는 대로 실험하는 정신에서 나왔다. 그런 의미에서 독립 정신과 실험 정신이야말로 창조를 위해 갖추어야 할 필수불가결한 요소다.

작고양금酌古量今 – 옛 시와 새로운 시

치천穉川의 시 논평

내 고종사촌 아우 치천 박종산은 시를 논평하는 재주가 매우 정밀한데다가 혜안까지 갖추고 있다. 일찍이 다음과 같은 나의 시를 읽었다.

꿈 제각각 달라 한 침상도 상관없네 各夢無干共一牀
사람은 두보 이백 아니고 시대는 당나라 아니네 人非甫白代非唐
내 시 내 얼굴과 같다고 자신하니 吾詩自信如吾面
저 흉내 잘 내는 곽랑을 비웃네 依樣衣冠笑郭郎

치천은 이 시 절구에 대해 이렇게 논평했다.
"형의 주장은 비록 그러하지만, 형의 전집全集을 읽어보면 한 글자도 옛것 아닌 것이 없습니다. 이것은 형이 지금은 옛날과 같고, 옛날은 지금과 같다는 오묘한 이치를 깨달았기 때문입니다."

또한 두자미杜子美(두보)의 "지금 사람이라고 박대하지 않고 옛사람이라고 좋아하지 않네(不薄今人愛古人)"라는 시론에 대해 이렇게 해석한 적이 있다.

"생기가 넘치고 자유로워 얽매이지 않는 것이 시가詩家의 요결이요, 문예계의 공안公案입니다. 형의 시가 거의 이와 같은 이치를 얻었다고 할 것입니다."

치천의 논평에 대해 나는 이렇게 말했다.

"오직 시에 대해서만 그러한 것이 아니라, 성학聖學의 경전에 담긴 뜻에 있어서도 한 가지만 고집한다면 두보의 비웃음을 받지 않을 수 없을 것이다."

-『청비록 1』

이덕무는 수십 년 동안 시화와 시품과 시평의 방법을 통해 옛 시 또는 다른 사람의 시를 배우고 익히고 의론하고 비평하는 과정을 거치면서 자신만의 시풍詩風과 시격詩格을 개척했다. 이덕무는 이와 같은 시작詩作의 방법을 가리켜서 '작고양금酌古量

今' 즉 옛 시를 참작하여 지금의 시를 헤아린다고 말했다. 다시 말해 옛 시를 배우고 익히면서 새로운 시를 창작한다는 것이다. 이덕무는 옛 시와 새로운 시의 모순과 조화 혹은 통섭과 융합에 대해 이렇게 밝혔다.

"비록 옛 시를 본뜨고 모방하는 것이 삼매의 경지에 이르렀다고 해도, 각자 자신의 시를 갖고 있는 것만 못하다. 자신의 시를 갖고 있는 사람은 천연의 참다움은 많고 인위적인 꾸밈은 적다고 할 수 있다. 시는 하나의 조화다. 조화를 어찌 구속하고 얽어매고 본뜨고 모방할 수 있겠는가! 대개 사람은 모두 제각각 한 가지의 시를 갖추고 있다. 더욱이 그 가슴속에는 가득 시를 품고 있다. 사람의 얼굴이 제각각이어서 서로 닮지 않은 이치와 같다. 만약 시가 같아야 한다고 강요한다면, 그것은 판각으로 찍어낸 그림이요 과거 시험을 보는 사람의 모범 답안과 다르지 않다. 여기에 어찌 기이하고 새로운 것이 있겠는가! 그렇더라도 옛사람의 체법을 다 버려야 하는 것은 아니다. 다만 옛사람의 체법에 얽매여서 스스로 아무것도 마음대로 하지 못하는 잘못을 저질러서는 안 된다. 체법이란 스스로 법을 법 삼지 않는 가운데 스스로 갖추어지게 되기 때문이다. 어찌 옛사람의 체법을 모두 버리라고 말할 수 있겠는가!"

여기 이덕무의 시 철학은 이렇게 해석하면 쉽다. 옛사람의 시를 배척하지 말라. 오히려 열심히 배우고 익혀라. 옛 시를 열심히 배우고 익혀야 하는 까닭은 무엇인가? 옛 시의 체법과 옛 시인의 성령을 엿볼 수 있기 때문이다. 다만 옛 시에 구속되거나 얽매여서는 안 된다. 아무리 좋고 뛰어나다고 해도 본뜨거나 모방한 시는 오히려 거칠고 조잡한 자신의 시만 못하다는 사실을 잊지 말라. 그러므로 옛 시를 좇아 억지로 꾸미려고 하거나 인위적으로 지으려고 해서는 안 된다. 그냥 자신의 성령을 좇아 표현하는 데 힘쓰면 된다. 옛 시의 체법과 옛 시인의 성령을 엿보면서도 그 체법과 성령에 구속되거나 얽매이거나 본뜨거나 모방하지 않아야 비로소 자신만의 체법과 성령이 담긴 시를 창작할 수 있다. 스스로 옛사람의 체법과 성령을 기준과 규범으로 삼지 않는 가운데 자신만의 체법과 성령이 저절로 갖추어지게 된다는 말은 무슨 뜻인가? 옛사람의 시에 담긴 체법과 성령을 배우고 익히면서도 자신만의 체법과 성령을 실험하고 창조하는 것, 바로 그때 비로소 옛 시과 다른 자신만의 시가 탄생한다는 뜻이다. 이러한 까닭에 옛 시의 체법과 성령을 배우고 익힐 때 스스로 얼마나 오묘하게 풀어내고 투철하게 깨우쳤는가가 무엇보다 중요하다. 그때에야 비로소 자득自得 곧 스스로 깨달아 터득하는 것이 있기 때문이다. 만약 스스로 깨달아 터득한 것이 없다면 옛 시에 구속되고 얽매이고 본뜨고 모방하는 수준에서 벗어나기 어렵다. 그런 의미에서 이덕무의 시 철학을 집약하고 있는 개념인 '작고양금'의 궁극적인 경지는 바로 '자득'에 있다고 할 수 있다.

시가 바로 그 사람이다!

쓸쓸한 보금자리

공경公卿의 명예 관심 없고 不識公卿名
도서圖書 취미만 알 뿐이네 頗知圖書趣
뜰에 서 있는 나무 내 마음 같아 庭木如我心
우뚝 솟아 맑은 바람 모으네 翼然淸風聚

–『영처시고 2』

동쪽 벽에 쓰다

시냇가 비스듬히 사립문 닫아걸고 澗水之濱斜掩扉
마당 가득 새벽이슬 밤나무 꽃 드문드문 滿庭晨露栗花稀
손님 나를 찾아 무심無心한지 유심有心한지 질문하면 客來問我無心否
빙긋이 웃고 동쪽 숲 절로 나는 구름 가리키네 笑指東林雲自飛

–『영처시고 2』

시가 그 사람인 까닭은 무엇인가? 자신만의 뜻과 기운, 감성과 생각을 담은 시를 짓기 때문이다. 다른 사람의 시를 본뜨거나 흉내 내거나 모방한다면, 그 시는 자신의 시가 아니라 다른 사람과 닮거나 혹은 비슷한 시라고 해야 한다. 자신의 시가 진짜 시라면 다른 사람을 닮거나 비슷한 시는 가짜 시다. 자신이 지었는데도 자신의 시가 아닌 시가 다른 사람의 뜻과 기운, 감성과 생각을 본뜨거나 흉내 내거나 모방해 지은 시다. 그 시에는 '진짜 나'가 아닌 '가짜 나'가 있을 뿐이다. 누구도 아닌 바로 나의 뜻과 기운, 감성과 생각으로 이루어진 내가 '진짜 나'다. '진짜 나'가 있는 시가 바로 진짜 시다. "시가 바로 그 사람이다"는 말의 참된 의미는 '진짜 나의 진짜 시'를 지으라는 것이다.

관재의 주인, 서상수

10월 보름밤 관재에 모여서

휘영청 달 하얀 빛 흩뿌리고 月展紛紛白
초저녁 차가운 기운 가득하네 宵排淰淰寒
맴도는 담배 연기 기발한 착상 螺煙生妙想
거침없는 먹 놀림 먼 하늘 바라보네 墨瀑動遐觀
술은 독해 술잔 줄어들고 酒猛杯仍減
시는 날카로워 글자 안정되지 않네 詩尖字未安
밤기운 감돌아 마음 설레고 靈襟延夜氣
눈썹 언저리 봄 산 맺혀 있네 眉宇蘊春巒
시우詩友 어찌 그리 보기 힘든지! 韻友逢何闊
좋은 시절 만나기 어려운데 令辰值亦難
잠시 보고 이별하면 그리워 어찌하랴! 霎離其奈戀
떠들썩하게 웃고 즐겨보리 轟笑以爲歡
거리낌 없어 간혹 진실하고 순박하지만 放或歸眞樸
어리석음 어찌 괴로움 감추랴! 痴寧諱冷酸
오래된 기와 짙은 서리 빛나고 厚霜輝老瓦

쓸쓸한 난간 흩어진 국화 도드라지네 散菊卓脩欄
오래 앉아 있자니 종소리 널리 퍼지고 坐久鍾音遍
졸다 깨보니 촛불 그림자 둥글게 모였네 唾罷燭影團
새벽 기러기 목놓아 애처롭게 울어대고 曉鴻嘶咽咽
새 무리 끝없이 아득하네 群翮渺無端

-『아정유고 2』

'관재觀齋'는 백탑파의 시 모임이 자주 열린 아지트였다. 관재의 주인은 서상수다. 관재는 관헌이라고도 불렀는데 서상수의 서재였다. 관재는 이덕무가 대사동으로 이사한 후 즐겨 찾았던 곳인 까닭에, 그의 시 가운데 가장 자주 등장하는 공간이기도 하다. 특히 서상수는 이덕무의 경제적 후견인이었다. 책에 미친 바보였던 이덕무는 비록 작다고 해도 자신만의 서재를 갖고 싶어 했다. 하지만 가난하고 궁색한 살림 때문에 서재를 짓는다는 것은 엄두조차 내지 못하고 있었다. 이때 서상수가 자신이 소장하고 있던 고서古書를 팔아서 이덕무에게 바깥채 서재 건축 비

용으로 건네주었다. 그렇게 완성된 이덕무의 서재가 여덟 칸 초가집으로 된 '청장서옥青莊書屋'이다. 서상수가 이렇게 한 까닭은 무엇일까?

서상수는 서화고동書畵古董 즉 글씨와 그림에 뛰어났고 또 골동품에 일가견이 있는 선비였다. 박지원은 『연암집』의 '필세설筆洗說'에서 "서상수는 감상의 안목과 식견이 뛰어나 세상 사람들이 거들떠보지도 않은 골동품의 가치를 한눈에 알아보는" 당대 최고의 수집가이자 감정가라고 극찬했다. 시·서·화 감상과 골동품 감식에서 조선 최고의 안목을 지닌 사람이 바로 서상수라는 얘기다. 이렇듯 조선 최고의 감상가이자 감식가였던 서상수였기에 탁월한 재주와 식견에도 불구하고 경제적 궁핍함 때문에 제 뜻을 제대로 펴지 못하는 이덕무의 처지를 누구보다도 안타까워했다. 이런 까닭에 서상수는 자신이 끔찍이 아끼는 고서까지 팔아 이덕무를 도와주는 경제적 후견인 역할을 자처했던 것이다.

박제가는 관재의 시 모임에 대해 "봄, 가을의 여유로운 날이면 함께 어울려서 차를 마시고 그림을 보고 시를 읊으면서 즐거움을 삼았다"고 회상한 적이 있다. '단오날 관헌에 모여서'라는 이덕무의 시를 보면—마치 박제가의 말을 한 장의 사진에 담은 것처럼—함께 차 마시고 그림 보며 시를 읊었던 백탑파의 시 모임을 상상해볼 수 있다.

"새빨간 석류꽃 파란 가지 감싸듯 / 상렴에 비친 그림자 한낮 햇빛 따라 도네 / 향로 연기 꺼질 듯 말 듯 찻물 끓어 소리 내니 / 이 바로 세상 숨어 사는 이 그림 감상 좋을 때네."

단오는 음력 5월 5일이다. 이때는 석류꽃이 활짝 피는 계절이다. 그 석류꽃이 파란 가지를 모두 불태워버릴 듯 새빨갛게 감싸 안았다. 그리고 새빨간 석류꽃은 '상렴緗簾' 곧 노란 빛깔의 발에 비친 그림자가 되어 한낮의 햇빛을 따라 돌아간다. 방 안에는 향로의 향 연기가 꺼질 듯 말 듯 가물거리고 다관茶館에서는 찻물이 끓는다. 그러한 가운데 세상 숨어 사는 이는 그림 감상을 즐긴다. 아마도 이 시에서 말하는 다관과 그림은 서상수가 소장하고 있던 골동품과 명화名畵 중의 하나였을 것이다. 관재에서 이루어진 시 모임의 운치와 정취와 품격을 함께하기에 부족함이 없는 멋진 시다.

아정雅亭 –
이덕무의 시는 우아하다

매미를 읊어 여러 동료에게 보이다

가을 매미 소리 맑아 귓전에 요란하니 玄蟬淸砭耳
사서史書의 기한 재촉하는 듯하네 似督汗靑期
맑은 바람 흐르는 소리 마냥 좋은데 流韻滄風好
높이 솟은 나무 그 모습 감추었네 翳形高樹宜

온몸 마디마디 맵시도 깨끗하니 渾身都是潔
한낱 미물이 어찌 그리 기이한가! 微品一何奇
온종일 울음소리 그치지 않으니 永日無停響
변함없는 성품 사랑스럽네 憐渠性不移

–『아정유고 4』

이덕무의 시 세계는 전반기와 후반기로 나누어 살펴볼 수 있다. 전반기가 규장각 검서관이 되기 이전이라면, 후반기는 규장각 검서관이 된 이후라고 할 수 있다. 나이로 따지면 39세 이전과 이후로 나뉘고, 신분으로 따지면 재야 지식인과 관료 지식인으로 나뉜다. 또한 전반기의 시 세계가 '기궤첨신奇詭尖新하다'면, 후반기는 '우아優雅하다'고 평가할 수 있다. 특히 이덕무의 시 세계를 가리켜서 '우아하다'고 비평한 사람은 다름 아닌 정조대왕이었다. 이덕무는 정조대왕의 비평에 감읍하여 자신의 마지막 호를 '아정雅亭'이라고 지었다. 이덕무는 당시 자신의 심정을 이렇게 밝혔다. "구중궁궐에서 내린 한 글자의 포상이 미천한 신하의 평생을 결단할 수 있다." 그의 사후 편찬한 유고 시집의 제목이 『아정유고』가 된 까닭 역시 여기에서 찾을 수 있다. 그렇다면 이덕무의 시 세계가 이렇게 변화한 까닭은 무엇일까? 환경과 처지의 변화 때문이다. 벼슬하지 않은 선비의 신분으로 어울려 시를 지은 사람과 벼슬한 이후 궁궐에서 어울려 시를 지은 사람은 분명 달랐다. 궁궐에서 임금이나 벼슬아치와 어울려 짓는 시는 민간의 벼슬하지 않은 신분으로 시를 지을 때만큼 개성적이고 혁신적이며 자유롭고 활달할 수 없었다. 그렇다면 기궤첨신한 시풍과 우아한 시풍, 두 가지 중 어떤 것이 이덕무 시의 참모습일까? 아마도 두 가지 다 이덕무의 참모습일 것이다.

이 시대는 시대 차원에서든, 사회 차원에서든, 개인 차원에서든 '옛것과 새로운 것' 또는 '보수와 진보'가 공존했던 시대였다. 비록 혁신적이고 독창적인 것을 추구한다고 해도 낡고 오래된 것의 굴레와 속박으로부터 자유로울 수 없었던 것이 이 시대 지식인들의 한계였다. 이덕무 역시 예외일 수 없었다. 하지만 기궤첨신하든 혹은 우아하든 이덕무의 시에 담긴 뜻과 기운만은 큰 변화가 없었다. 담백하고 욕심 없는 삶의 추구가 바로 그것이다. 벼슬에 나간 이후 '매미'를 읊어 자신의 뜻과 기운을 보여준 이 시 역시 그와 같은 맥락에서 읽을 수 있다. 그것은 비록 환경이 다르고 처지가 변했다고 해도 매미처럼 깨끗하게 살겠다는 자신의 뜻과 기운은 변하지 않을 것이라는 일종의 선언이다. 실제 이덕무는 벼슬에 나간 이후에도 자신의 뜻과 기운을 굳건히 지키며 쓸쓸한 오두막집에 살면서 빈천을 감내할망정 끝끝내 권력을 좇아다니거나 부귀를 얻으려고 하지 않았다. 하지만 필자는 만약 이덕무의 '기궤첨신한 시 세계'와 '우아한 시 세계' 중 어느 하나를 선택하라고 한다면 기꺼이 '기궤첨신한 시 세계'를 선택할 것이다. '기궤첨신한 시의 세계'는 비록 조잡하고 거칠더라도 이덕무의 영혼이 살아 있는 시가 다수를 차지하고 있는 반면, '우아한 시의 세계'는 비록 아름답고 훌륭하다고 해도 전형에 맞춰 짓고 인위적으로 꾸민 까닭에 이덕무의 영혼을 찾기가 쉽지 않기 때문이다. 그런 점에서 이덕무는 규장각 검서관이 된 이후 한 가지는 얻고, 한 가지는 잃었다고 말할 수 있다. 얻은 것이 18세기 조선의 문치를 빛낸 공적이라면, 잃은 것은 독창적이고 혁신적인 시풍이다. 필자는 이덕무가 얻은 것보다 잃은 것이 더 안타깝고 아쉽다. 전자는 이덕무가 아니어도 누군가 할 수 있는 일이지만, 후자는 이덕무가 아니라면 아무나 할 수 있는 일이 아니었기 때문이다.

얼어붙은 일상을 깨우는 이덕무의 매혹적인 일침

시의 온도

초판 1쇄 인쇄 2020년 2월 10일
초판 1쇄 발행 2020년 2월 17일

지은이 이덕무
엮고 옮긴이 한정주
펴낸이 김선식

경영총괄 김은영
책임편집 김상영 **책임마케터** 최혜령
콘텐츠개발8팀장 김상영 **콘텐츠개발8팀** 최형욱
마케팅본부장 이주화
채널마케팅팀 최혜령, 권장규, 이고은, 박태준, 박지수, 기명리
미디어홍보팀 정명찬, 최두영, 허지호, 김은지, 박재연, 배시영
저작권팀 한승빈, 이시은
경영관리본부 허대우, 하미선, 박상민, 윤이경, 권송이, 김재경, 최완규, 이우철, 손영은, 김민아
외부스태프 표지 이인희 **본문** 장선혜 **교정교열** 박민영

펴낸곳 다산북스 **출판등록** 2005년 12월 23일 제313-2005-00277호
주소 경기도 파주시 회동길 357, 3층
전화 02-702-1724
팩스 02-703-2219 **이메일** dasanbooks@dasanbooks.com
홈페이지 www.dasanbooks.com **블로그** blog.naver.com/dasan_books
종이 한솔피엔에스 **출력·인쇄** 상림문화인쇄

ISBN 979-11-306-2837-0 (03810)

• 이 도서의 국립중앙도서관 출판예정도서목록(CIP)은 서지정보유통지원시스템 홈페이지(http://seoji.nl.go.kr)와 국가자료공동목록시스템(http://www.nl.go.kr/kolisnet)에서 이용하실 수 있습니다.(CIP제어번호:2020003648)